雨花忠魂 雨花英烈系列纪实文学

青春风骨

高文华烈士传

吴光辉 著

江苏凤凰文艺出版社

图书在版编目（CIP）数据

青春风骨：高文华烈士传 / 吴光辉著 . —— 南京：江苏凤凰文艺出版社，2020.11
（雨花忠魂 . 雨花英烈系列纪实文学）
ISBN 978-7-5594-5099-9

Ⅰ.①青… Ⅱ.①吴… Ⅲ.①纪实文学–中国–当代 Ⅳ.① I25

中国版本图书馆 CIP 数据核字 (2020) 第 153694 号

青春风骨：高文华烈士传

吴光辉 著

出 版 人	张在健
责任编辑	万馥蕾　傅一岑
封面设计	马海云
责任印制	刘　巍
出版发行	江苏凤凰文艺出版社
	南京市中央路 165 号，邮编：210009
网　　址	http://www.jswenyi.com
印　　刷	南京新洲印刷有限公司
开　　本	880 毫米 ×1230 毫米　1/32
印　　张	6.625
字　　数	176 千字
版　　次	2020 年 11 月第 1 版
印　　次	2020 年 11 月第 1 次印刷
书　　号	ISBN 978-7-5594-5099-9
定　　价	32.00 元

江苏凤凰文艺版图书凡印刷、装订错误，可向出版社调换，联系电话 025-83280257

"雨花忠魂·雨花英烈系列纪实文学"丛书编委会名单

张爱军　徐　宁　邢光龙
万建清　范小青　汪兴国
贾梦玮　高　民　邵峰科

万里长空且为忠魂舞

中共江苏省委书记　娄勤俭

　　天地英雄气，千秋尚凛然。雨花台，这片深深浸染着英烈鲜血的山岗，曾见证了几代仁人志士信仰至上、慨然担当的英雄壮举，也铭记着无数革命先烈舍身为民、矢志兴邦的不朽事迹。在这里，彪炳日月、名垂青史的革命烈士就有1519人；也是在这里，还有更多鲜为人知的英烈故事，无法铭刻于碑文，没有见诸史册，像一粒粒晶莹的雨花石，深埋在雨花台殷红的泥土里。理想之光不灭，信念之光不灭。英烈们的背影虽然早已远逝，但他们的集体"影像"已定格在永恒的瞬间，那就是义无反顾、慷慨赴死，前赴后继、为国捐躯，用热血和生命铸就了信仰丰碑，在血与火的洗礼中撑起了民族脊梁，谱写出一部又一部壮怀激烈、气吞山河的"英雄交响曲"。

　　英雄是旗帜，革命英雄是民族的共同记忆。习近平总书记指出："对中华民族的英雄，要心怀崇敬，浓墨重彩记录英雄、塑造英雄，让英雄在文艺作品中得到传扬，引导人民树立正确的历史观、民族观、国家观、文化观。"为缅怀英烈伟绩、弘扬崇高风范，培育和践行社会主义核心价值观，培养爱国主义、集体主义精神和社会主义道德风尚，江苏省委宣传部、江苏省作家协会组织创作了《雨花忠魂·雨花英烈系列纪实文学》丛书,以文字、文学、文化的形式,讲述英烈的感人故事,表现英烈的高尚情操,诠释英烈的不朽精神。这一个个闪亮耀眼的名字,如同一座座高耸入云的丰碑,始终矗立在一代代共产党人的灵魂深处。这套丛书,为更好地传承弘扬"雨花英烈精神"提供了生动教材,也为教育党员干部走进历史、追寻英烈,激励党员干部不忘初心、牢记使命,永葆革命本色提供了精神之"钙"。

英烈风骨犹存、感召后人;历史启迪心灵、照亮未来。牺牲在雨花台的我党早期领导人恽代英曾说:"我们吃尽苦中苦,而我们的后一代则可以享到福中福。为了最崇高的理想——共产主义,我们是舍得付出一切代价的。"可以告慰雨花英烈的是,经过七十余年的不懈奋斗,近代以后久经磨难的中华民族,迎来了从站起来、富起来到强起来的伟大飞跃,一幅国家富强、人民幸福、民族复兴的壮美图景正在祖国大地上全面展开。

与伟大祖国历史进程同步伐,江苏发展站到了新的起点上。深入贯彻习近平新时代中国特色社会主义思想,努力把习近平总书记为我们描绘的"强富美高"新江苏蓝图化为美好现实,推动高质量发展走在前列,迫切需要我们传承红色基因,用好红色资源,学习雨花英烈的崇高理想信念、高尚道德情操和为民牺牲的大无畏精神,不忘初心、砥砺前行。我们缅怀革命先烈,就要从前辈先贤身上汲取养分和力量,让他们曾经的牺牲和付出,成为今天前进的动力源泉,砥砺我们以永不懈怠的精神状态推进改革再深入、实践再创新、工作再抓实；我们讴歌革命先烈，就要用"雨花英烈精神"，激励全省人民更加主动担当新使命，意气风发创造新未来，不断开辟新时代中国特色社会主义在江苏实践的新境界。这，正是我们对革命先烈最好的礼敬与告慰。

沧海横流，英雄显本色；落花如雨，正气贯长虹。"万里长空且为忠魂舞"，"雨花英烈精神"必将长留在时光的长河和人民的记忆中。

是为序。

目 录

001	序章	雨花绝唱
006	第一章	寒门学子
025	第二章	求学南京
047	第三章	投身黄埔
066	第四章	北伐血战
084	第五章	矢志不渝
101	第六章	回乡革命
119	第七章	无锡暴动
136	第八章	惨遭酷刑
154	第九章	狱中斗争
172	第十章	青春绝唱
196	尾声	雨花英魂
200	后记	

序章
雨花绝唱

为了信仰，将自己的生命连同青春一起牺牲；为了信仰，将自己的人生连同爱情一起奉献。此时此刻，坚守信仰决不再是一句简单的口号，不忘初心也决不再是一句响亮的誓言。他戴着手铐脚镣，在黑暗如晦的牢笼中，高唱着自己谱写的囚歌，义无反顾地赴死，一路的慷慨，一路的悲壮，一路的激昂。雨花台不仅是他绝命的坟场，雨花台也是他青春的歌台，雨花台更是他最后的祭坛。

他就是为了共产主义信仰献出自己一切的革命烈士高文华。

他牺牲的这一天是 1931 年 8 月 29 日，这一天他还不满 24 岁。

这是一个暴风骤雨的黑夜，位于南京进香河附近的国民党老虎桥监狱的重囚牢里，高文华已经奄奄一息，说话十分困难了。只见他全身瘦得皮包骨头，两只大大的眼睛已经失去了光泽，脸色蜡黄，嘴唇发白，头发蓬乱，两只手有气无力地垂落在牢房的草铺上。

他的母亲接到难友发去的电报匆匆从无锡赶到南京的监狱，看到儿子已经病入膏肓，赶紧去城里找医生前来抢救，可是到城里找了大半夜，也没有请来一个医生，她只得返回无锡去借钱请医生了。此时，高文华似乎感到自己已经等不到母亲请来的医生了，用双眼凝视着身边照料自己的难友，嘴里在念着他一年前写下的诗句：

打死，饿死，杀死，
还不都是一个死！
与其活着吃苦，
倒不如爽爽快快的一死！
……

高文华断断续续地念着他的《饿囚之哀叫》中的几句诗，声音越来越小，最后就只剩下他的嘴唇在动，就连搂着他的狱友也听不清楚了。

他知道自己死之将至，不由地眼睛放光，使出他一生的最后力气说道：

我们的主义未成，
我们的改造未竣，
我的死，
又有什么价值！

他念到此，两只眼睛里便溢出了泪水。他分明是在自责，他这短暂的一生为之奋斗的共产主义，没有得以实现，他感到还没有尽到自己应有的责任。

就这样，到了自己生命的最后关头，高文华还是念念不忘自己的人生使命，还是不能忘记自己的奋斗目标。就这样，他在和难友们一一交代自己的后事，用尽力气说了一句"反动派终要灭亡"之后，便将自己的生命毫无保留地献给了自己选择的共产主义，在无限的向往之中咽下了最后一口气。

高文华用自己的悲壮之死，证明了他曾经说过的一句话："为了人类真理的英勇争斗，才是奋斗，所以一个真正的奋斗者，决不顾虑牺牲的大小、成功的多少或者失败的。"

对此，《高文华烈士的革命事迹及精神研究》一文，对高文华短暂的一生追求真理、矢志不渝的精神内涵，做出了如下的概述：

"一是信仰至上。对党的忠诚和对信仰的忠诚是共产党人的底色，作为雨花台英烈之一，高文华是一名坚定的马克思主义者，他以改造中国为己任，为实现民族独立、人民解放和国家富强，最终实现共产主义的崇高理想，坚定执着、义无反顾、勇于牺牲。面对敌人的威逼利诱、严刑拷打及亲人性命受到的威胁，为了党和同志们的安全，誓死不屈，发出'要头有，要名单没有'的怒吼；入狱后运用所有能够运用的方式坚持奋斗、帮助难友，同敌人进行坚决的斗争，直到生命的最后一刻。作为一名中国共产党党员，一名坚定的共产主义战士，高文华信守了他的入党誓言，始终坚持信仰至上、对党忠诚的可贵精神。

"二是淡泊名利，舍身为民。高文华在国难当头的岁月，心中装着伟大的革命理想，装着处于水深火热之中的劳苦大众，放弃个人的前途和安逸，义无反顾地投身革命，为民族和人民而最终选择了一条荆棘丛生的道路。在他写给父亲的信中说：'我是一个革命者，怎能受钱的牵动呢？老实说，山东有 600 元、6000 元一月的事，我都不做。'要做'使天下穷苦人将来吃饱穿暖的事'。他也体谅父母的苦衷，在广州省吃俭用，尽力筹款供弟、妹上学。高文华始终坚持着淡泊名利、舍身为民的精神，以小我成全大我，用生命阐释了共产党人的人生观、义利观。

"三是刻苦学习，持之以恒。高文华从小热爱学习，由于祖父是私塾先生，家里有很多的书，高文华少年时代有许多时光是在书箱旁度过的。小学毕业后，高文华到南京求学，他大量阅读了《新青年》《共产党宣言》《共产主义ABC》《社会科学大纲》等许多马克思主义理论书籍杂志等，写了大量的读书笔记，通过自己的思考和选择，成为一名坚定的马克思主义者。1928年被捕后，高文华和难友们一起'早已定下了读书计划'，将牢房变成'课堂'，学习革命理论。被关进监狱后，他按照读书计划认真读书。牢房里阴湿昏暗，只有一个碗口大的小窗洞，高文华经常一连几个小时在小窗洞下读书。头昏眼花了，就用冷水洗洗脸再继续看。监狱生活摧残了他的身体，他一面坚持锻炼，一面顽强地坚持学习。

"四是生命不息，奋斗不止。在黄埔军校学习期间参加学生军，参加东征军阀陈炯明等的多次战斗。1926年任工兵团营指挥员，出师北伐，攻打武昌、南昌、浙西；'四一二'反革命政变后，回到无锡开展共青团工作，组织农民暴动；身份暴露后仍坚持工作，安置暴露的党团员，发展农会组织，宣传土地革命；入狱之后，把文艺作为一种武器，用这种特殊的枪炮子弹继续战斗，完成《南风》《端午》《屈原》《饿囚之哀叫》《饿囚之死》等多首诗歌，表达自己忧国忧民的情怀，无情揭露'模范监狱'的黑暗内幕，愤怒揭露监狱当局对狱犯惨无人道的迫害，鼓舞广大难友团结斗争，一些揭露性文章通过互济会等组织传出狱外，把国民党当局的罪恶行径公之于众。高文华始终坚持着为人类真理的奋斗。他的一生很短暂，只有23个春秋，但他做到了生命不息、奋斗不止！"

这便是高文华坚守信仰、英勇不屈的一生，这便是高文华光辉灿烂、流芳百世的一生。

　　这一天夜晚，老虎桥监狱的上空风雨飘摇、雷电闪烁，这肯定是为远去的英雄洒泪送行，那监狱四周高低起伏的山谷也一起为这位年轻的英雄弯腰送别。

　　就这样，高文华带着他毕生的追求，大义凛然地去了。

　　高文华用自己的生命誓言宣读了自己的坚守，用自己的青春诗歌兑现了自己的信仰。

　　　全世界起了火焰；
　　　不！全世界全是火焰。
　　　红的火光愈加浓厚，
　　　一切灰白的都化成了火焰，
　　　一切封建的都由火焰烧灭！
　　　听啊！在这里听啊！
　　　有多少群众在叫喊！
　　　从火焰中喷出的叫喊！
　　　伟烈的叫喊！
　　　震动了地球的外壳，
　　　传进了紧闭的地狱！

　　高文华便是带着这样的呐喊，便是带着他的人生使命，义无反顾地朝着自己的奋斗目标，走向他生命的尽头。

　　他的囚徒诗歌也就成为他的青春绝唱。

第一章
寒门学子

贫困对于高文华而言，是一种人生历练，更是一种人生动力。

贫困使高文华能够亲历半封建半殖民地旧中国百姓的苦难，贫困也使高文华能够较早地产生对黑暗制度的愤恨。当然，也正是贫困使高文华后来立下推翻整个旧的社会制度的大志。

贫困是高文华幼小心灵必须面对的生命最初课题。

1908年11月22日，高文华出生在江苏无锡城南（现为梁溪区）岸桥弄的一幢又破又旧的平房里。

那一天是农历十月二十九，正

是深秋季节，秋雨绵绵、落叶纷飞。

那一天，高文华出生的时候，他的父亲高汝璜外出打工累病了躺在床上，本来就需要他母亲高华氏服侍，高文华的出生在给这个贫困加疾病的家庭，带来一丝希望的同时，也增加了他家里生活的困难。他的父母便是在这种悲喜交集的情感中，迎来了一个新生命的降生。

按照无锡的风俗，生孩子是要向亲戚报喜的，家里还应准备一些酒席，招待前来贺喜的亲戚挚友，可是高家这种状况，哪里还有多余的钱来筹办？父亲只得拖着病体去街上小店买来一挂鞭炮，在门前炸响以示庆贺，也向邻居们宣布他们老高家生了一个小子。

高文华出生之后，高华氏的娘家知道高家很穷，便送来一些鸡蛋、一篮面条、一只鸡，本来是想让高文华的母亲补养身体，而高文华的父亲累病了正缺营养，母亲执意将娘家送来的这只鸡杀了煮给丈夫吃。按理说，高家还要备下酒席，染上红蛋送给亲戚们，每户至少要送红蛋六个，可高家没有多少钱去买蛋，只得各户人家送了两个红蛋。

按无锡当地的风俗，除了向娘家报生之外，还要在第二天给婴儿服"三黄汤"，也就是用大黄、黄连、黄芪煎成的汤水，用以泻瘀积、祛肠热、清胎毒。可高家穷，哪里有钱去药店买这些？只得一切从简，只给高文华喂了一口白开水。

别人家生了儿子，肯定是要给孩子买一件披风、一件花棉袄、一双虎头鞋，还要买金银项圈、手镯脚镯。高家只能买一根红头绳，系在高文华的手腕上，长命百岁锁自然更是买不起了。

按照无锡当地的风俗习惯，生过孩子的妇女是要坐月子的，一个月不能下地干活，可高家没有人操持家务，高华氏没有几天就下地忙里忙外了。

高文华出生时，本来应该去土地庙供奉土地神，在家里准备一些菜肴、水果、黄酒，燃烧纸锭、香烛，可高家又是一切从简，只买了两个素菜一瓶米酒，供过土地神回来后，又将那两个素菜一瓶米酒带回

007

家来，给高家亲戚全部吃了。

这天午饭时刻，"噼噼啪啪……"的一阵震耳欲聋的鞭炮声，在岸桥弄的巷子里炸响，引来了一条弄堂里的大人孩子驻足观看，大家这才知道高家有了下一代人了。

对于高文华的出生，一阵鞭炮声，就算是最好的庆贺了。

这便是高文华出生时的情景再现，也是高文华家贫困情况的真实写照。

高文华家的贫困是这个弄堂出了名的。根据有关资料记载，高文华家祖上留下的祖产十分有限，高文华的父亲高汝璜外出打些短工，如为绸丝厂收蚕茧、外出跑些小买卖、为航运码头扛活，全家人只有他的这点经济来源。问题是高汝璜体质很差，加上劳累过度，经常生病。这个时候，全家人不但没有收入，还要去药店买药。在这种情况下，就只能变卖祖上留下的一些家产，甚至要去借贷度日了。

高文华是家中的长子，在他出生之后，他的母亲又接二连三地生下了三个妹妹高福珍、高寿珍、高亚珍，一个弟弟高文英，他家的生活也就更加地困难了。

也正是因为家庭经济的贫困，高文华从小就对贫富对立现状产生了种种疑问。在高文华五六岁的时候，他看到远处有一座高大的洋房，看到洋房里有一个和自己年龄相仿的男孩，进出全都坐着洋车，而男孩的父亲穿得西装革履。男孩从不干活，却养得又白又胖，再回头看看自己一身的破破烂烂，看看自己父亲起早摸黑，没日没夜地干活。这两组父子在高文华的脑海里产生了强烈的对比，使小小的高文华的眉头紧紧地皱在了一起。

据《雨花台高文华烈士革命事迹史料》记载："高文华同志少时，对一些问题总是打破砂锅问到底，五六岁的时候他脑子里的问题就更多了，爸爸终年劳苦，做临时工、收蚕茧、做小生意，为什么一家总是吃不饱、穿不暖，常常要依靠典当借债度日呢？而有些人手不动、脚不动，却养得肥头大耳呢？妈妈说是命该如此，可为什么命该如此呢？ 说菩萨注定，可为什么菩萨会这样偏心呢？"

这个时候，贫困便成为高文华人生的最初思考题，后来也成为高文华短暂一生追求真理的一个重要原因。

在高文华后来创作的诗歌里，有很多描写贫困的诗句，正是表现出高文华对贫困有着自己独特的感受：

我们尽可让火来烧毁，
却不能再过地狱里的生活！
我们尽可忍一切的灾祸，
却忍不住这经常的剥削！

高文华的贫困经历，使他思考着改变旧中国贫困面貌的途径，使他立志要做"使天下穷苦人能吃饱穿暖的事情"，这也是他后来接受马列主义、树立共产主义理想的阶级基础。 也正是因为高文华出生于这样的一个贫困家庭，他才会对旧社会的不平等现象进行深入的思考，才说出那句誓言："为人类争真理的英勇斗争，才是奋斗，所以一个真正的奋斗者，决不顾虑牺牲的大小、成功的多少或者失败的！"

1915 年 9 月初的一天，是高文华上学读书的第一天。

这一天，母亲高华氏搀着有些瘦弱的他，十分兴奋地来到学校的大门口。 此刻，他的穿着是这样的穷酸贫寒，引来了许多富家子弟嘲笑的目光。 可他似乎并没有在意这些，还是高高兴兴地跟着母亲向招生报名处走去。

这所学校的规模很大，非同于无锡的其他小学。 高大的校门，气派的教室，宽阔的操场，全都是中西结合的样式，给人以一种全新的感觉，居然一点儿没有中国私塾旧教育的影子。

高文华背着母亲昨夜一针一线缝制的书包，穿着一身破旧但很干净的衣裤，脚上还穿着母亲做的新布鞋。 只是他从小身体就很虚弱，看上去根本没有7岁的样子。 招生老师反复核对询问，又对他进行一些智力测试这才收了下来。

高文华就读的这所学校，是江苏省立第三师范学校附属小学。

这所学校刚建立只有两年，位于第三师范的东侧严家池畔，也就是位于现在无锡市梁溪区政府以北的勤学路。 这所学校是江苏学司委任顾倬先生创办的，1911年初办时称为官立江苏第三师范学堂，1912年改为江苏省立第三师范学校。 接着，顾倬又着手筹建附属小学，多次赴日本进行考察学习，并且用日本东京高等师范附属小学的办学模式，作为办学标本，于1913年9月正式建成招生。 根据《无锡城市职业技术学院历史沿革》记载："1911年2月，江苏学司委任顾倬（述之）为监督，负责筹办官立第三师范学堂。9月17日开学，不久因武昌起义爆发而停课。 1912年4月重新开学，改名为省立第三师范学校（简称三师），顾倬任校长（1921年辞职，由教务主任陈纶继任校长）。顾先生以日本教育为典范，治校严谨，定'弘毅'为校训。1913年9月4日建立附属小学。 三师教师学有所长，循循善诱；学生勤劳朴实，好学不倦，曾受到当时教育部的嘉奖。"

高文华选择这所学校就读，自然是父母经过再三考虑，这才决定的。

尽管高文华的家庭经济十分贫困，但他的父母对于上学读书十分重视，他今天穿着的这些干净衣裤、新鞋，全都是母亲多少天前就开始着手准备的。 衣裤是父亲的旧衣服改制而成的，只是被母亲洗得干干净净，鞋子是母亲亲手一针一线纳出来的，这样的穿着哪里能和其他有钱的少爷相比？ 如果不是父母的咬紧牙关坚持，高文华估计也就上不成这个学校了。

"在那时，别人家，特别是穷人家的女儿，为了减轻家里的负担，或者得些彩礼，都早早地嫁人了。 而高华氏却认为读书、学文化是很重要的，有了文化才能有出息，才能改变命运。 因此，尽管家里的收入十分微薄，高华氏坚持送几个儿女读书。"（据《高文华传》）

"高文华的父亲就跟着祖父读过私塾,他也懂得穷人不识字,更是会被人欺、被人压。因此,到了高文华7岁的时候,尽管家里太穷,父母再三商量,还是咬咬牙,将一些祖产变卖,凑足了学费,这才带着高文华去报名上学。高文华是家里的长子,其他四个弟妹,也是因为母亲的坚持,全都送到学校读书。二妹高福珍从小学开始读书,断断续续地,一直读完了小学、中学,后来在抗战期间到四川大后方免费读完了大学和研究生;二妹高寿珍读了护士学校;小妹高亚珍最后读完了高等师范;只是弟弟高文英因为从小得了脑膜炎,智力有障碍,这才没有读多少书。"(据高福珍回忆)

当然,这个时候,高文华上学读书的目的,还是父母经常对兄妹几个说的:"读书才能有出息,才能改变命运。"他就是带着父母这样最普通的人生理想,背着书包来到了第三师范附属小学的校园的。

高文华就读的这所附属小学的教学模式全部都是向日本学习的。小学开设普通部四个学级,实行七年制,分为初小和高小,前四年为初小,后三年为高小。高文华所学的课程有国文、修身、算学、乡土、历史、地理、理化、美术、书法、音乐、体育、英语、工商等。校长顾俾是个极具责任心的教育家,他对所有教师实行聘用制,以人才、事业心,作为聘用教师的标准,从不讲私情,所以,学校师资队伍质量很高,这也就为学校的教学质量提供了保障。

高文华知道自己家里的情况,一进小学的门就认真苦读,从不贪玩。他家离学校有一段路程,他总是提早上学,推迟回家。

学校里的学生大部分都是有钱人家的孩子,总是吃不了苦头,不肯在学习上下功夫。而高文华一进了课堂,就想起自家是靠借钱和变卖祖产,得到7块大洋的学费,才能让自己坐到这个教室里来的。他又常常想起父亲起早贪黑地在外打工,吃力流汗,带着病体还要坚持出工,也就更加地珍惜自己的学习机会了,不敢有半点懈怠,拼命地刻苦读书。许多富家子弟养尊处优,生性懒散,惧怕读书,而高文华一直很是用功,再加上他本来天资聪慧,他的学习成绩也就一直在班级排名第一，这也增加了父母让高文华继续读书的信心，当然也让学校的老师刮目相看，他们原本对这个又矮又小的穷人子弟不屑一顾，后来也对他关爱有加。

小小年纪的高文华知道自己必须要刻苦学习，否则就对不起自己的父母。他知道父母在自己出生后不久给自己起名字的时候，就是希望自己将来能够成为一个知书达理的有用之才，自己名字中的"文"，就是父母希望自己能够有文化，而"华"字，更是想让自己成为文中的英华。

高文华刚出生时父母给他起的名字，或许就已经给他的一生奠定了发展方向。他早年的刻苦学习，以及学校校训"弘毅"，给他坚守的品格7年的磨炼，更为后来的人生树立革命信仰打下了良好的基础。

幽人夜未眠，月出每孤往。
繁林乱萤照，村屋人语响。
宿鸟时一鸣，草径露微上。
欣然意有会，谁舆共心赏。

这首五言古诗《夜步》是高文华从三四岁时就跟着父亲背诵的，时间一长早就烂熟于心了。

这首诗是明代高攀龙的作品，高攀龙就是高文华的先祖，高文华是高攀龙的第十二代孙。或许是因为出身书香门第，或许是因为高文华自幼就受到家庭的影响，他对诗歌创作产生了浓厚的兴趣。

高文华从小喜欢诗文，是因为他的祖父高旭如是私塾先生，家里有很多的书籍，所以高文华的少年时代有许多时光便是在书箱旁边度过的。在没上学之前和上了小学放学回家之后，高文华就如饥似渴地读着唐诗宋词、唐宋散文，特别是自己先祖高攀龙的诗文。

对于先祖的诗作，少年高文华能背上很多，特别是喜欢先祖的这三首五言绝句,《斋中对菊》:"白日林中静,秋风此室闭。 黄华无限意,相对一开颜。"《水居饮酒》:"忧危不为己,放逐岂忘君。 但愿常太平,把酒看白云。"《题画竹》:"此君有高节,亭亭自孤植。 总多千亩阴,不碍青山色。"这三首绝句,他不但能背,而且能够理解诗意。

高文华的童年、少年时期在无锡一共生活了14年,他在家里和三师附小接受了早期教育,也接受了中国传统文化的熏陶。 这对他的短暂一生产生了十分重要的影响,特别是接受了诗文方面的文学熏陶。 在认识许多字后,他就经常打开祖父的书箱,找出那些发了黄的旧书,认真地阅读起唐诗宋词、唐宋散文,后来稍大些又开始阅读《西游记》《水浒传》《三国演义》等文学名著。《西游记》是他少年时代阅读的第一本小说,这本神话小说,既开阔了他的思路,又使他明白了为探求真理应该不畏艰辛、正义最终一定会战胜邪恶的道理。

他的祖母没读过多少书,但对读书十分地重视,她在高文华的身上倾注了大量的心血,让高文华很早就能接受中国的传统文化,特别是诗歌的熏陶。

根据现存的一幅祖母和高文华合影的旧照片上,我们可以清楚地看到,祖母是多么地关爱这个高家的长孙。 照片上祖母微笑着用手扶着高文华小小的肩膀,眼睛里充满了祖辈对长孙的疼爱之情。 而高文华这时只有三四岁的样子,将头偏向一旁,显得活泼顽皮、天真可爱,而他的两只眼睛里透露出一股超出常人的灵气。

高文华几岁的时候,就开始练习背诵古诗。 他给自己定了一条规矩,每天必须背诵古诗一首。 有一次,他跟着祖母外出去串门,回来已经很晚了,祖母便催他赶紧上床睡觉。 可高文华突然想起自己今天的任务还没有完成,便回到书桌前,拿起诗册,摇头摆尾地朗读起来了。 祖母催他上床睡觉,明天早上再起来背诗,可他坚定地说,不能将今天的事情留到明天去做,一直到背得滚瓜烂熟为止。

每天早上,鸡叫三遍之后,高文华便开始背古诗,一遍又一遍地读着背着,他很快就把这首诗背熟了。 他还和妹妹们将古诗词用纸片一个字一个字地剪成方块，让妹妹们重新组合成原来的诗句。这个方法不但是一种游戏，而且帮助记忆。

"高文华从小就十分聪明好学。由于高文华的祖父高旭如做过私塾先生，家里留下了很多书，因此虽然生活困苦，生活资料缺乏，但高文华自幼受书的熏陶，精神世界是比较丰富的。或许是因为家里丰富的书籍和文化氛围，又或许是因为骨子里继承了先祖高攀龙的文学气质与革命精神，高文华很小就喜欢读书，喜欢文学，经常为了读书而忘记了吃饭的时间。少年的高文华有许多时光便是在书箱旁边度过的。"（据《高文华传》）

高文华早期接受的文学教育，自然是他的先祖高攀龙的诗文。高攀龙的诗文被称为"立朝大节，不愧古人，发为文章，亦不事辞藻而品格自高"。一生著有《高子遗书》12卷，以及《周易易简说》《春秋孔义》《正蒙释》《二程节录》《水居诗稿》《毛诗集注》等著作。高攀龙的文章，平易流畅、素雅清遒。高攀龙的诗歌朴素自然、文字简洁，恬淡中别有寄托，颇有陶渊明的风格。先祖的这些诗文让高文华百读不厌，许多都能倒背如流。例如高攀龙的《夏日闲居》：

长夏此静坐，终日无一言。
问君何所为？无事心自闲。
细雨渔舟归，儿童喧树间。
北风忽南来，落日在远山。
顾此有好怀，酌酒送陶然。
池中鸥飞去，两两复来还。

高文华不但能背诵这些诗文，还能理解和体会诗中的意境，从而培养了他的诗歌审美情趣。高文华后来从事革命事业之后，写出的大量文章，特别是在生命的最后写出的许多诗作，就是得益于这个时期所受中国古典文学的熏陶。

在高文华短暂生命的最后时刻,他用自己的诗歌天赋去做最后一战,一连写下了长诗《人祸》《南风》《端午》《屈原》《饿囚之哀叫》《饿囚之死》等作品,这使他成为中国红色诗歌的重要诗人,他的诗歌作品《火》在新中国成立60周年时还被收入《中国革命烈士诗钞》。

高文华从小就接受了家庭的文学陶冶,长大后他不是以此炫耀自己的文采,而是用以作为战斗的武器。他的每一首诗作里,没有一首无病呻吟,也没有一首故弄玄虚,更没有一首不是刺向敌人的投枪和匕首。

他少年时代的读诗背诗,就是为了日后写诗和战斗。

清明节是高家祭祖的日子,在一片清冽的寒气之中,高文华的父亲率领全家老小一起上坟去祭拜先祖,然后迎着春天的朝阳,宣读先祖留下的《遗书家训》。高家的老老少少、男男女女,全都表情凝重地跪伏在一座石头砌成的古墓面前,墓前还摆放着简单的祭品,燃烧着高香,焚烧着纸钱,在父亲的口令之下,全家人一起向着祖坟叩拜起来。

他们虔诚叩拜的坟墓就是高文华的先祖高攀龙的土墓。

如今的高攀龙墓,位于现在的无锡市滨湖区青山西路的青山公园内,地处惠山南麓、青山寺北。高攀龙墓就在公园的北面,沿山坡而上几十米就到了。人们读完高攀龙墓前的石碑上的一段碑文,就明白了这座墓曾经有过几次搬迁的历史。

"高攀龙墓原在西郊璨山之东,1968年遭毁,1985年由无锡文物管理委员会移地重建于西郊青山,今青山公园内。高攀龙(1562—1626),字云从,更字存之,别号景逸,无锡人,明万历进士,东林党领袖,官至左都御史。因反对阉党被革职回乡,与顾宪成等在东林书院讲学,天启六年(1626),魏忠贤派人远捕前,效屈原之志,投水自尽。原墓地形制宏伟,占地4.7亩,坐南朝北,清雍正、乾隆及以后各朝,曾多次加以修整。咸丰年间,因兵燹致使墓园严重破坏，光绪元年（1875）又加重修，1985年移建此处。 现墓园四周有砖砌罗城，墓墩用石块围砌，上部有封土，墓前有石刻墓碑，上镌'高攀龙之墓'。"

按照这段碑文的记载，高文华当年随父上坟祭祖之处，不是现在的高攀龙墓，而应该是"西郊璨山之东"的原先的旧墓。 另据《高氏家谱》记载："在墓域内还葬有高攀龙的三个儿子，高攀龙暨配王夫人墓居中，其下左墓为长子世儒（伯珍），右上墓为次子世学（仲聚），右下墓为三子世宁（季远）。 该墓地中华人民共和国成立后保存尚好，仅遗失神道碑。"

因此，我们可以推论，高文华少年时期随父亲叩拜的先祖墓，自然是位于无锡"西郊璨山之东"的原先的旧墓了。

此刻，一家老小全都长跪墓前，高文华的父亲，便将先祖高攀龙的《遗书家训》拿了出来，高声宣读起来，令全家老老小小全都跪着聆听。

"吾人立身天地间，只思量做得一个人，是第一义。 ……以孝弟为本，以忠义为主，以廉洁为先，以诚实为要。 ……人身顶天立地，为纲常名教之寄，甚贵重也……"

高攀龙是明朝晚期著名的政治家、思想家、理学家，他的一生著述颇丰，其中《遗书家训》广受后人推崇，被视为教育子孙的经典，经常出现在童蒙训导中。 作为高攀龙的嫡孙，自然将他的《遗书家训》作为必读的家规。

毫无疑问，高攀龙的这些家训，对幼时的高文华产生了极其深刻的影响。 据《高文华传》记载："高文华这一辈是高攀龙的第十二代孙，他很小的时候就从父亲那里听到了东林党人与魏忠贤奸党斗争的故事。"他的祖父高旭如在世时是私塾先生，对先祖高攀龙的为人为文，更是经常如数家珍地对下一代叙述。 高旭如的父亲肯定也是这样对他的儿子们进行说教。 高家的祖训也就是这样一代一代地传承下来的。

"坚守正义良知"是高攀龙《遗书家训》的核心思想，所以，父亲高汝璜曾经对高文华这样教导说:"先祖高攀龙因为崇尚君子,坚守正义,所以他才能做到在国家面临危难的时候,挺身而出,敢于同宦官奸党作坚决的斗争;才能在罢官回到无锡之际,听到奸党派人来捉拿自己的消息,为了保存自己的生命尊严,最后蹈水自沉。在自尽之前写下了《遗书家训》,先祖以做人行义为原则的家训,和他本人的言行举止,给我们高氏后人树立了言行一致的典范。"

这些话正是高汝璜的父亲高旭如曾经无数次说过的,如今高汝璜又重新不厌其烦地对高文华他们这一辈复述起来。

年幼的高文华一年一年地受着前辈这样的说教,从似懂非懂,到一知半解,然后到能读能背,最后到熟记于心。在十多年之后的革命斗争中,他便是将这些家训和革命理想融合在一起,化成了自己的自觉行动,"坚守正义良知"的先祖家风,也就在他的身上得到传承和光大。

据高文华的妹妹高福珍回忆,高文华当年在无锡读完小学时,曾多次赴东林书院去凭吊、游玩。

东林书院创建于北宋政和元年(1111),是当时北宋理学家程颢、程颐嫡传高弟、知名学者杨时长期讲学的地方。明朝万历三十二年,也就是公元1604年,由东林学者顾宪成、高攀龙等人在此聚众讲学,他们倡导的"读书、讲学、爱国"精神,引起全国学者的普遍响应。东林书院位于现在的解放东路867号。在东林书院的大门口,高悬着由顾宪成撰写的名联"风声雨声读书声声声入耳,家事国事天下事事事在心",这副门联更是家喻户晓。

高文华在寒暑假经常去东林书院背书、沉思,先祖《遗书家训》的"坚守正义良知",东林书院门联"风声雨声读书声声声入耳,家事国事天下事事事在心",以及东林书院"读书、讲学、爱国"的精神,全都让这个有志少年陷入久久的沉思。

事实上,高家的这种"坚守正义良知"之风一直在传承光大,根据无锡史志办的相关资料记载:"高华氏虽然不识字,却是个深明大义人，她对高文华后来的革命工作非常支持，高文华家一度成为高文华和同志们的联络站。"高文华父亲高汝璜更以先祖高攀龙为傲，总是要求子女们学习先祖，坚守做人准则。

所有的这些家族的辉煌历史，对高文华的性格形成，对高文华日后参加革命，全都产生了巨大的影响。 先祖高攀龙《遗书家训》的"坚守正义良知"，后来成为高文华最大的性格特征；东林书院"读书、讲学、爱国"的精神，后来成为高文华读小学、读中学、读黄埔的一种动力；东林书院的门联"风声雨声读书声声声入耳，家事国事天下事事事在心"，后来也成为高文华读书救国，献身革命的座右铭。

1919年11月2日下午，无锡城里热闹非凡、万人空巷。

全城几乎所有的人都放下手里的事，争先恐后地拥向无锡火车站，拥向城中的主干道汉昌路，拥向光复门，还有成千上万的市民将圆通路、公园路、大市桥、东大街、毛梓桥巷挤得水泄不通。

高文华当时已经11岁了，初小已经毕业，正在三师附小读高小。这一天，他也跟着一批同学挤进了熙熙攘攘的人群看热闹。

原来，这天是无锡富豪薛南溟的二公子大婚之日，而迎娶的新娘又是袁世凯的次女。 这个婚礼就成了富豪加权贵的顶级婚礼，在全中国也不见得能找出几个来的。 所以，无锡城的百姓倾城而出，全都想目睹来自京津袁家的送亲列车和无锡薛家的迎亲仪仗队伍。

下午三点多，高文华和同学们终于看到迎亲仪仗队蔚为壮观地走过来了，只见得马队在前开道，接着彩旗飘飞、锣鼓喧天、乐曲飞扬，一队人马抬着巨大的菊花宝塔、牡丹花篮、彩色绣球，耀武扬威地走在迎亲的队伍中间。 随后才是新人乘坐的花车、陪嫁的嫁妆，气派非凡。 整个迎亲队伍延绵足足有一里之遥。

据当时《锡报》报道说："人们争先恐后地前往观看，而以马路上尤为盛，茶坊酒肆无不利市三倍，沿街窗口无插足之处，人如潮涌，拥挤不堪，可见邑人之爱观热闹。"

高文华人长得瘦弱，个头又小，自然是挤不过人山人海，只得和同学们一起爬到了大树上，坐在树丫上面瞭望。他看到成千上万、衣衫破旧的百姓，将路上那队富丽堂皇的迎亲队伍团团围住，欢呼着、惊叹着、跳跃着，看到这个场景，他的心里便产生一种从未有过的疑虑。

当然，薛家的婚礼还没有就此结束，还有更为精彩的压轴好戏放在后头，那就是年仅12岁的京剧名伶孟小冬专门为薛宅演堂会了。据《锡报》载："11月3日晚，屋顶花园小京班及已辍演之髦儿戏班，同至西溪下薛宅合演堂会，孟小冬演《武家坡》《捉放曹》二出，最是精彩。"孟小冬年龄虽小，却已是风靡九州的红角，后来被戏迷们尊称为"冬皇"。她到无锡来为薛家唱堂会，自然是轰动全城之举。

对于这场超级豪华婚礼，无锡的百姓后来流传着一首打油诗，揭露讽刺当时的阶级压迫和社会不公：

袁家嫁女住柴房，
京城御厨烧熊掌；
孟小冬来唱堂会，
象牙筷配穷人家。

尽管薛家如此富丽堂皇，袁家还嫌薛家的花园洋房不如袁家的柴房。可见旧中国统治阶级的挥霍无度，已经到了无以复加的地步了，也可以想见统治阶级对于穷苦百姓的压榨，又是到了多么沉重的地步了！

在高文华的少年时代，无锡发生的许多重大事件，对他的影响很大，这场超级豪华婚礼，就让他久久不能忘怀。这件事情促使他对当时的社会贫富对立的现象进行深入的反思。

1919年正是让高文华永生难忘的一年，因为这一年无锡发生的事情，对他的世界观的形成产生过重大的影响。

无锡文史资料在对1919年大事记的记载时，用了这样的一个标题《1919年：五四运动来了，孟小冬又来了》，孟小冬来到无锡演戏，自然是为了那场超级豪华婚礼，而关于五四运动对无锡的影响，则是这样记录的：

"5月6日，五四运动爆发，《锡报》发表《呜呼惨矣》《学生讨贼》等时评，揭露北洋政府出让青岛、胶济铁路权给日本的丧权辱国罪行，声援北京学生的爱国斗争；5月9日，无锡各校师生集会游行，作《毋忘国耻，还我青岛》等演讲，满城张贴标语；5月11日，无锡各界群众5000余人在体育场集会，宣布成立无锡县国民大会，通电声讨卖国贼，并要求参加巴黎和会的中国代表拒签丧权辱国的和约，还我青岛；5月中旬，无锡各界爱国人士先后组织中华民国无锡救国会、救国十人恒心团、救国十人永制团、救国励志团、振铎同志会，开展反帝爱国斗争；6月6日，无锡县国民大会致电北京政府，抗议北京政府6月3日拘捕京津爱国学生、镇压学生爱国运动；6月8日，无锡各界1000余人集会，决议从9日至12日全城举行罢工、罢市、罢课，声援京津学生爱国运动。"五四运动爆发之后，无锡的学生运动掀起了高潮，三师的师生们走上街头游行示威，宣布罢课，抗议不平等条约的签订。这年6月，三师学生还牵头组织成立了无锡学生联合会，率领整个无锡各个学校学生进行罢课游行。

"高文华当时在读小学，虽然没有直接参加爱国游行，但是在三师进步环境的影响下，他的思想也接受着冲击，他心中的疑问也越来越多。他经常问老师，为什么一样的人过着天壤之别的生活？为什么这个社会存在那么多的不公？为什么一个家庭劳作一年仍然饥寒交迫？人活在这个世界上是为什么呢？如何才能使穷苦的人过上好的生活？这些问题在高文华幼小的心灵里愈积愈多，这些问题驱使他去不断地寻找答案。"（据《高文华的革命事迹及精神研究》）

事实上，无锡地区广大民众正是在五四运动的影响下，前赴后继地走上反抗剥削压迫的革命道路，而这种反抗，又时时刻刻地影响着少年高文华的思想，也影响和激励着无锡的有志青年奋起反抗。据无锡市民政部门对外公布，截至2014年9月的统计数据表明，有3494位烈士长眠于无锡，他们中的大多数是1919年五四运动之后，参加各种革命斗争被帝国主义和国内反动派杀害的。当然，也正是无锡地区的革命志士的英勇反抗，在不断地影响和激励着高文华，使他一步一步地走上革命道路，最后也成为这批革命烈士中的一员。

时势造英雄，"五四"时代和后来的大革命时代，造就了高文华。

14岁的少年高文华背着一个小小的行囊，踟躅于无锡的拱桥小巷时，正是一个云雨霏霏的清晨，脚下的石板小街已被祖先的脚板打磨得放射出岁月的悠古之光，细雨如丝地淋湿了小街边的老树，亦淋湿了离乡少年的思绪。

这一天是1922年9月1日，是高文华离开无锡，乘坐火车去南京读中学的别离之日。

他脚穿着母亲给他一针一线赶做的布鞋，黑帮白底、色调鲜明，踏在那一块又一块首尾相连的青石板街上，一步又一步地朝着火车站走去，一步又一步地背井离乡。

刚才，他告别了那座他整整生活了14个年头的小小江南民居，又去拜别城郊坟场上祖父母的土坟，便在父母的一路念叨之中踏上离家的路。

恋乡的细雨依旧在万般依恋地下着，无锡城模糊朦胧得让他几乎无法看清了。少年将去的远方是起伏不断的山峦，这时只露出一座又一座山尖，而身后的光复门楼亦已变成空中楼阁一般，少年已经看不清小溪河边的那株形状古怪的老榆树。他爬上门前的那座石桥高处，家乡这座古城便像一幅水墨画似的展现在自己的眼前。

高文华生活的无锡正处于动荡变革的时代。

清末的无锡城里居然分设两个县，无锡县和金匮县，一城之中居然有两个县衙门，还有两套官吏体制。当时没有法院和警察局，判案全由知县一个人一张嘴说了算，而他们办案的手段就是用各种残酷的刑具。无锡城里所有的街道大多都是两米左右宽度的石板街，全城河流交叉纵横，桥梁众多，民居的前街后河和三街六市，全都掩映在拱桥小巷之间了。城中头上有不少古树掩映，脚下又随处可见露天粪缸。

无锡城里河流多，因此桥也就非常地多，集贤桥、三凤桥、南市桥、中市桥、大市桥、毛竹桥、三茅桥、迎溪桥、大虹霓桥、小虹霓桥……城中心偏南位置有条欢喜巷，近旁有一条岸桥弄，高文华家就在这条岸桥弄里。

这里会叫岸桥弄，是因为原来有河有桥，后来河没了，桥还在，于是被叫作岸桥了。再后来，房子多起来，桥也被彻底拆没了，形成的弄堂被人随口叫作岸桥弄了。

1911年10月10日，武昌起义爆发。11月6日，无锡革命党全体同志举行誓师礼，宣布进军县衙，勒令知县交出无锡知县大印。革命党接着又向金匮县进发，金匮知县闻风逃逸，不久之后被捕，交出印信。至此无锡宣告光复，清朝在无锡的统治从此结束。

推翻旧的知县衙门的统治后，按当时革命的模式，在无锡光复的当日即宣布成立锡金军政分府，接着发布命令，取消清朝的无锡、金匮两县建制，恢复原无锡一县的建制。

然而，"资产阶级革命性质决定了辛亥革命胜利后建立的锡金军政分府，决不会代表广大百姓的利益，军政府很快便开始了镇压新义庄农民的抗租斗争。不久，辛亥革命的成果又被以袁世凯为首的北洋军阀所窃取，1916年袁世凯下台后中国陷入军阀割据的局面，军阀统治和连年战乱，给无锡百姓带来了深重的灾难，各种税收名目繁多，不胜枚举，无锡人民不堪承受，怨声载道。"（据《无锡文史资料》）

高文华正是出生、成长在这样的时代里。

他以优异成绩取得高小毕业文凭之后，便面临着人生的又一次抉择。高小毕业了，是继续上学读初中，还是回家跟着父亲打工赚钱养家？这样的选择对他来说，是十分艰难的。因为当时无锡的学校收费很高，而到外地去念书的话，就得住在学校里寄宿，这样费用也比较大。除了开学时的书杂费，主要还有每个月的伙食费。当时每月的伙食费就是几元钱，高文华家是无法负担的。他知道家里既没有积蓄，又没有劳动力，更没有固定收入。每学期开学时的学杂费还好说，数目不大，又是每年一次，三年怎么都能坚持过去。就是每月的伙食费，一个月都不能缺，到哪里去找这么多的钱呢？

回去跟着父亲打工吧，父母亲都认为可惜了他这样的好成绩，可惜了他的聪明才智。就这样停下来不念书了，全家人实在心有不甘。而且，高文华长得瘦小，根本不是做力气活的料。

最后，父母亲思前想后，为了高家能出一个有用之才，还是决定变卖祖产，送高文华去南京读中学。

当然，父母亲还有一种在高氏家族里争一口气的想法。高氏家族里，存在着很多的矛盾，因为高文华父亲赚不到钱，家里穷，总是被其他族人看不起。关于高氏家族的矛盾，《高文华传》有着这样的一段记载："高家的几位堂叔伯，有的做大官，有的做大生意，家庭条件都比较富裕。他们经常对高文华家投来取笑和嫌弃的目光。高文华的母亲并没有因此而自暴自弃。家里虽然破旧，却被她收拾得井井有条。"所以，高文华的父母一心想让长子能光宗耀祖，为高汝璜这一支增光添彩。因此，决定还是让高文华继续读书。"1922年，高文华小学毕业，并以优异成绩考入南京的国立东南大学附中。"（据《雨花台革命烈士资料》）

在送别儿子的路上，父亲高汝璜便是嘱咐了一路，他要儿子担当起家道的重任。

当他们走到三凤桥时，父亲便又喋喋不休地说开，以景育儿了。

这座桥叫作三凤桥，桥梁上有亭无顶，传说古代无锡城里的秦家，虽然为连出三个进士而欣喜，但并未自我陶醉，觉得尚未有人考中状元，功名还未达到顶峰，所以朱在这座桥的亭子加顶。这座无顶的三凤桥，也就成为无锡人进取不息的一种象征。

高文华自然明白父亲的用心，表示自己一定会发愤苦读，不会辜负父母的希望。

这一天，雾气重重，露水好大，连火车站台都湿了。

那列停靠在无锡火车站的列车正在上下客。这列烧煤炭的火车在无锡已经行驶几年了，是无锡通往南京的主要交通工具。

高文华将自己的行李在车厢里安放妥当，火车的第一声汽笛就拉响了。他趴在车窗上朝外望，见到父母亲都已红了眼睛，自己的眼眶也就忍不住溢出泪来。紧跟着第二声汽笛拉响时，他的泪珠便夺眶而下。一群晨鸟被汽笛惊起，在无锡城满是浓雾的古树上空不停地盘旋，并且发出凄哑的长鸣。

当1922年乱世里火车的汽笛发出第三声长鸣时，高文华这才意识到自己真的要离开生他养他的故乡和双亲了。这时一种离别的痛苦像针刺似的向他突袭而来，他便泪如泉涌双膝落地，一下子跪倒在火车座位上，任凭他抹了无数次眼睛，也无法看清站台上向自己挥手的双亲。

就这样，只有14岁的少年高文华，为了能够解答那些社会问题而离开了故乡，也为了将来自己能成为一个有用之才而离开了无锡。

第二章
求学南京

1922年9月初的一天,当一脚踏入校园的大门时,高文华就十分清晰地感受到了这所学校的与众不同。一般学校像自己这样衣着破旧的穷学生极少看到,而在这所学校中却随处可见,不少学生和自己一样,身上穿着粗布衣裤,脚上穿着布底鞋,肩上斜背着一只手工缝制的书包。他不由地感到自己选择对了学校,因此,心情也就变得十分开朗起来了,瘦削的脸上也就挂上了笑容。

当然,高文华之所以选择就读于东南大学附中,最主要的原因就是这所学校支持学生勤工俭学，这样就可以解决他家无钱上学的经济困难了。

高文华便是带着这样的喜悦心情走进了他的中学时代。

这一天，他突然感到自己真的长大成人了，自己不再是在街边玩过家家的小男孩，不再是大声朗读李白的"床前明月光，疑是地上霜"或是先祖高攀龙的"幽人夜未眠，月出每孤往"的小学生了。他今天已经告别童年，走向青春少年了！

上初中了，高文华对学校里的一切全都充满了新鲜、好奇和期待，期待自己在这所新学校能够取得比小学更好的成绩，更期待着自己能够搞清楚自己过去产生的许多疑问。

新的学校，新的生活，新的班级集体，新的同学面孔，一切全都是那么陌生，而这样的陌生又使他感到新鲜和兴奋。特别是东南大学那些两层高青砖青瓦的教学楼，那宽广的操场边的人工湖，全都是无锡小城里没有的。这座坐落在紫金山的怀抱之下新建不久的校园，比起过去的无锡三师附小就显得美丽宽敞了。当然，南京这座城市是民国重镇，在1912年1月至3月中华民国临时政府公布的《中华民国临时约法》上，还被定为临时首都，所有这些自然和小小的无锡不能同日而语了。

高文华进入初中的时候，正是中国新型教育兴起的时期。在五四运动以后，中国的教育界呈现出一片活跃的新气象，全国教育联合会多次呼吁"改高师为大学"。南京高等师范学校校长郭秉文认为大学科系远比单一性质的师范学校来得多元完备，有利于学科互补与师资培育。从南京的历史、地理以及东南学子需求诸方面看，改高师为大学就成为当务之急，加之可将南洋劝业会旧址扩充为校址，也就为改为大学提供了必备的办学条件。1920年12月，教育部长范源濂委任郭秉文为东南大学筹备员。1920年12月，北京政府国务会议同意南高师筹建大学的提案，并正式定名为"国立东南大学"。1921年6月6日，东南大学召开董事会，通过《东南大学组织大纲》，编制预算，推荐郭秉文为首任校长。 由此，原来南京高等师范学校设立的附中附小，后来也随之更名为东南大学附中附小。 附中的校址和东南大学紧邻，中间只隔了一道篱笆。 高文华就是在这种情况下到东南大学附中就读的。

"高文华之所以选择这所学校，是因为学生可以自由支配学习时间，既可以学习，又可以在空闲时间找工作，打工挣钱来维持自己的基本生活，以减轻家里的负担。 入学后，高文华向老师讲述了自己的家庭情况，恳请老师帮助介绍一份工作。 在老师的推荐下，高文华到学校附近的书店当学徒。 高文华对这份工作十分满意，书店里支付给他的工钱足以维持基本生活，工作之余他还可以免费博览群书。 更使高文华高兴的是，他竟在书店里看到不少进步书籍，解决了一些他幼时一直没有解决的问题。 同时，他也认识到只有勤奋学习，不断提高自己的知识水平，才能深入学习与理解革命的理论和实践。"（据《高文华传》）

一边上学读书，一边当学徒打工，肯定是很累的，况且高文华的体质一直很弱。 但是，对高文华而言，自己别无选择，一想到家里贫困的情况，想到家里寄来的那些生活费，全都是父亲打短工累死累活挣的钱，或者是母亲做针线活攒的钱，有时还是到别人家里去借来的钱，高文华的心里就会发酸，时常暗暗地落泪，这更加坚定了他勤工俭学的信心，增加了他一边学习一边打工的毅力。

高文华在书店里做小学徒，除了接待买书的客人，打扫书店卫生之外，书店的书籍运送就是一件最累人的活了。 他虽然已经14岁了，可他的个头小，长得瘦弱，又经常生病，即便这样他也不能不干，只好硬着头皮，去运书搬书。 他拖着装满各种书籍的平板车，从书店拖往各处。 书从书店里搬上车要他自己装，运往各处要他自己拉，到了交货地点还要他自己卸。 他每车能拉几百本书，一天拖运四五趟，就能挣一元钱左右。 他的力气小，当他拉书车走到坡路时，十分地吃力，他就采取上坡走"之"字形的办法，而下坡又必须能刹住车，他就采取慢步向前，从而避免出现事故。

他一直在想，自己能在老师的帮助下，找到书店这样的活，已经是十分地幸运了，哪里还顾得上要吃多少苦头？因此，为了下学期的学费、生活费，他便拼命地干起活来了。

第一次发工钱的那天，他显得十分地激动。这可是他这个小小少年，人生第一次自食其力，第一次挣到了血汗钱呀，这自然是让他终生不能忘记的事情。他在书店干了一段日子，不但解决了他一个学期的学费，还解决了他的生活费用。因此，虽然有些苦、有些累，但他心里感到十分地充实、十分地满足。

高文华的中学时代就是这样在极其艰苦的条件下度过的，这给他以后的生活和战斗，提供了必要的精神磨炼。所以，在后来的革命生涯中，不管遇到什么艰难险阻，不管遇到什么艰难曲折，他都不会被困难吓倒，他都会冷静地去面对，会信心百倍地去克服。

到附中上的第一堂课是英语课，英语老师上课铃声响后夹着讲义走进了教室。班长喊了一声："起立！"全班的同学便迅速地站起身来，接着就是一齐高喊："老师好！"老师则英语答道："Well, everybody, everybody sit down！"

高文华因为个头小坐在最前排，自然会是老师提问的首选人物，可他的英语发音不标准，也就生怕被老师点名发言。可是，让他担心的事情还是来了，老师站在讲台上放下讲义夹，向全班扫视一遍，接着就走到了高文华的面前，很平静地说："下面，我检查一下英语课文的预习情况。"老师拿起点名册说："高文华，你读一下。"

高文华从座位上站起身来，脸急得通红，就是迟迟不开口。

英语老师说："你是不会读呢，还是没准备？"看着高文华不吭声，老师便大声地说："你背不出，就出去背，背熟了再回来！"看着高文华还是不动，老师便火了，过去拉高文华，而高文华死死拽住桌子就是不肯出去。

这时，同学们全都看傻了。大家全都没想到，新学期的第一节课会出现这样的情况。因此，高文华也就一下子成了全班的焦点人物，大家看他一身的粗布衣裤，又是那样不肯背英语课文，也就对他产生一种不屑一顾的看法。

其实，高文华哪里是不肯用功的同学？他根本不是课前没有预习，而是人小胆子也小，再加上他是无锡人，讲话蛮腔蛮调的，生怕人家听不懂，特别是英语的发音也带上浓郁的无锡味，就特别地害羞，这才迟迟没敢读。

在老师发威之后，高文华也只得豁出去了，放声读起了英语课文。谁知道，他一张口，又立即引起整个教室的一阵大笑。

事实上，高文华在附中学习期间，一直非常认真刻苦，各门功课成绩都很优秀。可他就是因为无锡的口音太重，英文发音不标准。所以，在第一次上英语课时，引起同学一片窃笑。这时，同座就使劲捅他，想让他别再读下去了，可他一旦开了头，似乎就一发而不可收了，一直读到全文最后一句话才结束。

听他读得滚瓜烂熟，就是发音不标准，老师是又好气又好笑，便让他将英语字母"abcdefg"念给大家听听，高文华似乎已经不再害羞，大声地念起来：

"爱、别、舍、的！意、爱、乎、鸡！"

顷刻，老师和全班同学不禁地哄堂大笑起来，笑得高文华满脸通红。

从此，高文华在班上就成为大家不屑一顾的对象。

高文华在东南大学附中的学习这才刚刚开始，这点小小的挫折，是不会难倒他的，而这所学校的教学方法，也为他能够在很短的时间内改变他的不足提供了方便。

"国立东南大学附中当时实行美国道尔顿制。道尔顿制改变了传统的'以老师为中心'的教育理念，变革教学组织形式，使教与学在一种更加自由的环境下进行。学生在教师指导下自由选择时间，自主安排进度自学。学校将学习的主动权真正还给学生，让学生自由地支配学习时间，选择学习科目，选择适合自己的学习节奏，并且培养学生良好的社会适应能力。道尔顿制下的学习计划由学生与教师协商制定，鼓励学生自己研究、阅读、参考、解答；不能解决的问题，则提出来由小组共同讨论；再解决不了的问题，才询问老师，老师予以帮助。"（据《清末民初教育期刊对教学变革的影响之探究》）

当时，东南大学附中就是一所有名的实验学校，学校设有研究部，还成立了多种学会，并且让学生参加工商劳动和社会实践。东南大学合并南高师后共有5科27系，为当时长江以南唯一的国立大学，与北大南北对峙，成为当时我国高等教育的两大支柱。美国著名教育家、世界教育会亚洲部主任孟禄博士（Paul Monroe）在考察中国主要大学后，曾称赞东大为"中国政府设立的第一个有希望的现代高等学府"。这所学校的教育教学，也有着自己独特的一整套方式方法。这里是一个非常诱人的育人园地，许多有志之士和革命先辈都从这里走出。因此，高文华在写给父母的信中就曾说："进这个学校是一种幸福，岂可白白放过！"。

高文华是一个什么事情都想做到完美的人，通过这节英语课他知道自己的短处，也就在寻思怎样克服方言给自己带来的发音不标准的问题。

为了学好英语，为了学好发音，他跑到教堂去听传教士传教。对此，有些同学不理解，有的同学还以为高文华信教了。就这样，他除了在学校上课、到书店去打工外，周末就是到教堂去听传教士用英语传教。经过他这样的努力，功夫不负有心人，他的英文进步非常快，读音完全变得非常地标准。

到了下半学期，附中的英语学会请来一位外国学者来讲演，可翻译因为有特殊事情没能按时来。正在学校领导万分焦急的时候，高文华自告奋勇地走上了讲台，提出由他担任翻译。

台下的几百个师生，看到原来英文并不怎么好的高文华，居然主动走上讲台，还提出要做现场同声翻译，全都不敢相信自己的眼睛。

这时候，高文华站在讲台上，表情十分地从容，翻译又是十分地准确流利，这使在场的老师和同学全都大吃了一惊，全都感到不可思议。

这次讲演活动之后的英语课上，英语老师便迫不及待地让高文华向全班同学介绍自己学好英语的经验。高文华就将自己学英语的一套方法，向大家一一做了介绍，并且表示愿意组织一个英语学习小组，抽出一些时间带领同学们一起学英语。

就这样，高文华在学校里从一个"丑小鸭"，一下子又变成了"白天鹅"。他变成了一名经常参加社会活动、学习成绩各门都很优秀的优秀学生，在整个附中很快成了学生中的一位中心人物，也成了同学们学习的榜样。

这是一个星期天的早晨，高文华照例去书店上班。当他经过一家缫丝厂的大门口时，突然被悲惨的一幕吸引住了。只见一个大约七八岁的女童，正在拼命地哭喊，拼命地挣扎着，想要从一个工头模样的中年汉子的手里挣脱出来。那个工头正在使劲将女童往厂里拖，女童便用小手抓住厂门口的铁栅栏，哭声就更大更凄惨了。

"爸爸！妈妈！你们不要走，你们不要走呀！我不想在这里，我不想在这里呀！"女童声嘶力竭地哭喊着，两只小眼睛里充满了泪水，眼巴巴地望着自己的父母哀求着。

那个工头嘴里叼着香烟，满脸的横肉，气势汹汹地训斥着女童："你父母将你送进厂子，那是你自愿的，是要让你来苦钱活命的！真是一个不知好歹的孩子！"他一边说着，一边将女童的小手从铁栅栏上掰开。

高文华看到女童的父母也在落泪，边走边掉转头来看着自己的女儿，妈妈哭泣着回过头来对女童说："女儿听话，进去吧，总比在外面饿死强吧！爸爸妈妈一定会来看你的！你进去好好干活，能有好吃的给你吃，进去了你就不会再喊饿了！"妈妈说到这里再也说不下去了，哇的一声痛哭起来了，一下子瘫在门前的地上。

"妈妈！你们让我跟你们回家吧，我不会再喊饿了，保证不会再喊饿了！我会帮你们干活，不再贪玩了！求求你们了，爸爸，妈妈！"

妈妈从地上爬起身来，走到女童的身边，将女儿一把搂进自己的怀里，给女儿揩着泪水，自己又号啕大哭起来了。

女童的父亲走过来，对女儿说："孩子，不是爸爸妈妈不要你了，也不是爸爸妈妈心狠，是实在没有办法活下去了，要让你活命，你只有进厂里干活呀！"然后又狠狠心对那工头说："请您带她走吧！"

工头终于抱起了女童，在一路哭声中，渐渐地消失在厂里，最后只能听到女童的叫喊声："我要妈妈！我要妈妈！……"女童的父母看不见女儿了，听着女儿的叫喊，全都掉了魂似的瘫倒在厂门口，半天没有说一句话，只顾各自落泪。

高文华忍不住上前去问他们："你家女儿这么小，这个年龄应该是进学校读书的呀，你们怎么会将她送进工厂做工呢？"

女童父亲擦了擦脸上的泪水，对高文华叹了一口气说："谁想让这么小的孩子进厂做工呢？可是我们在厂里拿到的这么一点工钱，连买十斤大米都不够，根本无法养活她呀！尽管女儿这么小就要进厂，这也是没有办法的办法呀，总归不能让她活活地饿死吧！"

其实，高文华这时所见到的这一幕，是中国 20 世纪 20 年代随处可见的事情。据《1920 年前后中国社会的粮食短缺与社会矛盾》一文记载："1920 年前后的中国，列强侵略加剧、军阀混战、经济衰退，粮食生产与供应急剧下降，造成全国范围内普遍出现粮荒并引发了一系列的社会矛盾与冲突。盛产米粮的江苏、湖南、江西等省的一些城市和地区亦出现了因灾闹荒、粮食绝收、百姓饥馑等一系列十分严重的缺粮现象，而因此引发了工业衰竭、工人失业等一系列社会问题。南京出现'外江之米不见一船入口，内河之米来船亦属寥寥，居民十常七八无米为炊'。在这种情况下，社会上出现了许多自杀、吃人现象，卖儿卖女，更多的人沦为土匪、马贼，激化了民众内部的矛盾。"

19世纪和20世纪相交的时候，这种不断沦落的步伐大大加快了。10年间，在中国土地上接连发生了三场帝国主义国家发动的战争：中日甲午战争、八国联军侵华战争和日俄战争。前两次战争都以清朝政府签订丧权辱国的条约而告终，后一次战争竟是两个帝国主义国家在中国东北大地上的相互厮杀，居民惨遭屠戮，庐舍化为灰烬。1911年爆发的辛亥革命，推翻了清朝政府，结束了统治中国几千年的君主专制制度，但它没有改变中国半殖民地半封建的社会性质和人民的悲惨境遇。这次革命并没有达到它所预期的目标，没有能从根本上改变帝国主义和封建势力对中国的统治，没有真正实现民族独立、民主政治和民生幸福。西方列强在中国的支配地位没有受到削弱，在农村没有出现一场社会大变动，中国近代社会的基本矛盾一个也没有得到解决。革命的果实又落到旧势力的代表袁世凯手里，这时的中国仍是一个贫穷、落后、分裂、混乱的国家。

南京的集市就经常出现"有贫民数十人，手携淘箩至米店抢米"的事件。1925年《农商公报》记载："有青村圩农某甲，因家已绝粮，特携洋八元至城买谷，时谷价已涨至九元，某甲因洋数不敷一担谷之价，即转往亲友处借洋一元，讵俟某甲借洋时，谷价又复涨数角，终日奔驰，卒未购得粒米，某甲因一家数口嗷嗷待哺，购米未得，焦急万分，竟抱厌世主义，即购米三升，砒霜一包，白糖一斤，回家煮稀饭一锅，全家食毙。"

高文华所亲眼看见的这起童工惨景，就是中国在这种严重的社会矛盾中发生的一个必然事件。

据《雨花台革命烈士资料》记载："1930年4月17日，高文华在狱中给他妹妹的一封信中写道：我看见这样的一家人，他们夫妇在工厂里工作以外，他的小女孩子只有7岁，也送进工厂去了。我问他说：这样的小孩应该先进学校，他的回答使我羞愧死了：'我们的工钱连一件衣着还不够，小孩到了这么大的年纪，自己尽管也知道不合小孩的发育，但为了维持她的生命，不得不将她送进工厂去了。'"

可见，高文华在东南大学附中读书期间，对这件社会悲惨事情，当时是多么地震惊，在多年之后也没能忘记。

高文华这天在学校里病倒了。

这一夜，他几乎没睡，一直竖着耳朵，听着同舍的学生轻轻地打鼾。他的两眼总是盯着宿舍那个窗洞，感受着窗外传来的阵阵狗叫。他的头皮好像被一群蚂蚁不断地啃噬着，一阵阵地发痛，而他的心也跟随着窗外的寒风一起走向黯淡与荒芜。

他在黑暗之中，瞪着两个大眼睛，心里在想，自己上初中了，而父母的日子更加地贫困，父亲的病又时常发作，母亲就更加地辛苦。想到这些，他就像一只被煮熟了的河虾，蜷曲在床上，双手抱着自己疼痛难忍的脑袋。

宿舍的屋顶漏着秋雨，雨点呈自由落体运动，非常执着地坠落在他的床前。一阵雷声过后，更大的秋雨便淋漓尽致地往下尽情地流淌，点点滴滴一直流到高文华少年的心灵深处。

这些日子，无数的疑问充斥着他的内心，他越想越焦虑，接着他的头痛病又发了，使得他一下子变得消沉起来。

当那天目睹了7岁女孩的惨景，联想起中国当时社会的黑暗，高文华痛苦之极，再加上他的头疼，这个少年怎么会不产生苦闷心理？

高文华在东南大学附中读书期间曾拍过一次照片寄回家，这幅照片真实地反映了当时高文华的苦闷状态。只见他清瘦脸庞，浓眉大眼，短发齐立，英气逼人，一看就知道他不是一个平庸之辈。只是他的两个大眼睛里透露出一股深深的忧患之意，紧紧地盯着前方。他的两个嘴角微微地向下，明显地表现出他的内心正处于一种痛苦忧虑之中。他的下巴尖尖的，两颊瘦瘦的，使人一看便知他的清苦体弱。这张发了黄的历史照片，现存于雨花台革命烈士纪念馆的资料库里，作为研究高文华革命生涯的一件最好的原始史料。他的这张照片也是他当时处于苦闷彷徨的一个最好佐证。

"人为什么要生在这样的世界上呢？ 大自然为什么要我们生活着呢？ 为什么有些人生活得这样痛苦？ 想呀！ 用十分的脑筋为这些问题去想……一个人即使用十分的脑筋去想，用万分的脑筋去想，也是不可能想通的。 他越想越糊涂，乃至在东南大学附中读书时闷想得消极厌世。"（据《不死的青春》）

高文华后来写的家书中也记载了当时的思想状态："当时的环境和家庭经济恐慌到了极点，自己又在南京生病，简直是非常地消极，否认人生，否认社会，也否认一切……"他在写自己生病时这样写道："可是，睡下去并不因此而减轻头疼，照常地痛着。 咳！ 难过极了，难道脱不开这些痛苦了吗？ 我睡着，只是不安，只是头痛，痛极了，翻一个身，痛极了，又翻一个身，但是痛却不因为翻身而减少；痛呀！ 喊了！ 便极高地喊着有谁听见。 自己在床上翻来覆去地叫痛，在痛稍微减少的时候，便为着自己的将来生计而设想，想着又不得不流泪了。 便是尽力地喊着，便是尽力地哭着，也无人来阻碍你，你便剧烈地哭一哭罢，喊一喊罢！ 可喊也何用，哭也何用，死罢！ 快些地死罢，可是又不死！ 咳，可恶极了！"

我们完全可以想象得出，一个只有十四五岁的孩子，独自一人身在外乡，病倒在孤苦伶仃之中，会是怎样的情景呢？

这个时候，或许同是无锡的民间艺人瞎子阿炳的二胡那旋律婉转，如泣如诉，如怨如慕的氛围，才能成为高文华此时此刻最好的情感渲染吧？

阿炳是一个自小父母双亡，经历旧中国生活坎坷并饱受残疾、贫穷之苦的流浪艺人。 他一天到晚卖艺也无法得到温饱，深夜回到小巷，拉起二胡来抒发自己内心的悲苦。 他将自己内心的辛酸、悲凉、沧桑、不屈，全都倾注于手中琴弦。 当然，高文华没有用二胡去抒发自己的苦闷和悲伤，而是用他的思想。

高文华自然想起了自己家人的贫困，想起了父亲带着病痛还要坚持打工，想起了母亲每天的辛苦劳作，想起了自己三个妹妹的瘦弱，想起了弟弟的重病无钱医治。当然，他又想起了无锡城里的许许多多贫民的苦难，想起了他们吃不饱穿不暖的悲伤，接着又想起他在书店里看到的一张报纸上刊登的一篇文章。

"在军阀统治下，为了战争掠夺地盘、中饱私囊，各级政府未停止或是减少粮食、税收的征派，反而巧立名目，变本加厉，在十几年的时间里田赋征收涨幅不断攀升。……粮食的短缺，使粮价疯狂地上涨，甚至一天一涨，一天一价，百姓的收入竟不能糊口。百姓饥饿难耐，不得米粮下锅时，米商还在囤积粮食趁机牟取暴利。"（据《中国经济周刊》）

面对这个黑暗的社会，高文华觉得十分地绝望，他的情绪降到了人生的最低谷，一种从未有过的绝望占据了他的心。最后，他翻出自己从书店里借来的那本屈原的《天问》读起来：

遂古之初，谁传道之？
上下未形，何由考之？
冥昭瞢暗，谁能极之？
冯翼惟象，何以识之？
明明暗暗，惟时何为？
阴阳三合，何本何化？
圜则九重，孰营度之？
……

《天问》是屈原所作的一篇奇文，据传屈原被逐，忧心愁惨，彷徨山泽，过楚先王之庙及公卿祠堂，看到壁上有天地、山川、神灵、古代贤圣、怪物等故事，因而"呵壁问天"。或许屈原当年也是因为和高文华一样生病头痛，或许也是和他一样看到了社会的许多悲惨情景，才写下了这首千古绝唱的长诗？

病中的高文华就这样，一件一件地想着自己的所见所闻，那些事就像放幻灯片似的呈现在他的脑海里，也使他的头更加地疼痛起来，思想上也就更加地绝望了。

高文华在东南大学附中的校园里，一边在踱步一边在深思。

南京的夏夜是那么地闷热，少年将自己的衣扣解开，风还是燥热地刮在他的身上，他只得用手中的课本轻轻地为自己扇风，并仰起了头颅瞭望着谜团一般的夜空。

这些日子，他一直在研读国文课文《精神独立宣言》，思考着自己所见到的中国社会的种种问题。

其实，高文华之所以不在无锡读初中，而选择到南京东南大学附中来，除了这所学校支持学生勤工俭学之外，还有一个更加重要的原因，那就是这所学校的教学理念比较开放。"当时的南京高等师范学校、国立东南大学，是南京马克思主义传播的一个中心，中国传播马克思主义的先驱杨贤江、杨杏佛等都在南京高等师范学校（后与东南大学合并）任教。南京高等师范学校创办了《少年社会》等传播马克思主义的进步杂志。面对汹涌澎湃的各种思潮，马克思主义与非马克思主义的思潮在无数的青年学生中交织充斥着，他们思索着、彷徨着、动摇着，最终做出坚定的选择。"（据《南京师范大学校史资料》）

当然，高文华只是在东南大学的附中读书，还没有机会去东南大学直接去聆听杨贤江、杨杏佛等革命先驱的教诲。上到初二时，他主要是在教科书中获得一些进步思想，此后才接触到了马克思主义的一些理论著作。

随着在附中学习的不断深入和接触到社会的更多各种各样的事物，高文华在头脑中产生的问题范围更大，疑问也更多了。他就是带着这些问题和疑问，去认真学习课本、研究问题的。

据《高文华传》记载："高文华虽然在国立东南大学附中只读了两年多，但他学习非常刻苦认真，善于思考，不仅认真学习课本和老师授予的知识，而且善于结合当时的社会环境和国内国际局势进行独立的思考。高文华每一学科的笔记都记得十分工整、翔实。如国文笔记，对每一篇所学文章都从参考、体裁、主旨、要义等方面做了详细的记录，条理清晰，字体端正。特别是在他的每一篇笔记的最后都加上自己对所学内容的思考和认识，都能在学习过程中产生新的思想火花。"

高文华上了初二就开始思考起社会改造的问题。根据他的国文笔记，我们看到他在学习《精神独立宣言》时，就是针对知识分子必须和统治者进行抗争，寻求精神的独立和解放的问题进行了深刻的思考。

罗曼·罗兰在《精神独立宣言》中号召广大知识分子："起来！让我们把精神从这些妥协、这些委屈的联合以及这些阴暗的奴役中解放出来！精神不是任何人的仆从。我们才是精神的仆从。我们没有别的主子。我们生存着是为了支持它的光明，捍卫它的光明，把人类中一切迷途的人们集合在它周围。我们只知道人民，特殊而又普遍的人民，受苦和奋斗的人民，跌倒了再崛起，永远沿着他们的血汗所渗透的崎岖之路前进！"

这篇文章原来发表于法国的《人道报》，接着有爱因斯坦、泰戈尔等一百多位世界各地的名人在上面签名支持。

当时的高文华正处于对黑暗社会的绝望阶段，读到这篇课文时，就好像是让一个垂死之人看到了生命的希望，整个人的情绪也为之一震。

在那几本早已发黄的手工装订的小本子里面，有一本是国文笔记，翻开国文笔记，全都是竖排的格子，上面密密麻麻地用蝇头小楷工工整整地写着他的读书心得，其中有一篇正是记录他学习《精神独立宣言》的体会：

我很奇怪，想我们的人们为什么要争土地的权利的缘故去牺牲我们知识阶级的思想，去减了许多无辜人的生命，这不是蠢极了吗？用自己的刀割自己的肉,好笑不好笑呢?精神当然有独立的必要,否则一直埋首做奴隶。就我们必须要求的世界就是一个在其中创造的精神是活泼生动的,在其中生活是一个充满愉快和希望的冒险事业,基于建设的冲动,而非基于去保留自己所有或去攫取他人所有的欲望的世界。

他的意思是说,精神不能得到自由,就没有了存在的必要了,并且表示如果当时自己也在法国,他也一定会在《精神独立宣言》上签上自己的名字。

对于高文华这个阶段的思想认识,《雨花台革命烈士资料》是这样记载的:"高文华更加清醒地认识到,当时知识分子大多是为了过上奢华的生活,更看重物质的享受。而国家需要的知识分子阶级要到民间去教育民众,反对国内或国外的加于人民的压迫、不公道及各种科罚,力争为国家的自由权奋斗到底。当然,在这个过程中,知识分子阶级一定会遇到很多的阻力,甚至是大众的不理解,但是不能知难而退,而要坚持到底。中国缺少的就是这种具有自愿牺牲精神的人。在这个方面,俄国作出了榜样,中国的知识分子要向俄国学习。"

在这里,他已经立下了"反对国内或国外的加于人民的压迫、不公道及各种科罚,力争为国家的自由权奋斗到底"的决心,并且要"坚持到底","具有自愿牺牲精神",有不达目的决不后退的雄心壮志。

这个时候,高文华觉得自己此前对社会的那些苦闷彷徨,终于得到了一些缓解,当说出这些话的时候,终于长长地舒了一口气,身体也随之一振,病情也逐渐好转起来了。

那一个夏夜,南京十分闷热,东南大学附中的一间宿舍里,高文华正满头大汗地在蚊帐里打着手电,一字一句地阅读着国文老师穆济波借给他的一本《新青年》杂志。周围的同学早已入睡,正发出一片轻轻的鼾声。燥热的夏风从窗口刮进来,让高文华热得将衣裤全都脱个精光,只剩下一条内裤。此刻,他趴在床上,聚精会神地读着,一字一句地理解，生怕漏掉一个关键地方。

一连几天，他都是这样夜读，如饥似渴。一连几天，他表现得无比地兴奋。他觉得读了老师给他的这些进步书籍，大有茅塞顿开之感。他的心情也就豁然开朗起来，将前一阶段的消极绝望全部抛到九霄云外了。

这个阶段应该是高文华短暂一生的关键时期，是他从一个懵懂迷茫的学生，开始向共产主义战士转变的过渡期。

"高文华到南京求学，大量阅读了《新青年》《共产党宣言》《共产主义ABC》《社会科学大纲》等许多马克思主义理论书籍、杂志等，写了大量的读书笔记，通过自己的思考和选择，成为一名坚定的马克思主义者。"（据《高文华烈士的革命事迹及精神研究》）

另据《不死的青春》记载："……幸亏进步的老师和同学帮助了他，介绍了许多马克思主义的书籍和《新青年》《中国青年》等进步刊物给他，使他对许多问题得出了正确的清楚的回答，走向了革命。"

后来，他在狱中给妹妹的一封信中，对他自己接触革命理论的情况作了记述："当时，自己在南京生病，简直非常消极，幸而教员和同学好，他们介绍了不少MX的思想，因此，生活上思想上便渐渐地得以改正了。"

当然，在高文华的这个重要转变中，他的老师穆济波等人起到了至关重要的作用。

穆济波（1889—1976，20世纪20年代活跃于中学语文教育界的知名学者、进步人士），长期在南京东南大学附中任教。他对我国早期语文教育事业的发展，做出过多方面的贡献，曾为中华书局编过《初级国语读本》《初级文言读本》《高级国语读本》和《高级文言读本》。他的思想进步，对学生帮助很大。在穆济波老师指导的学生中，有一大批同学参加了革命，其中就有和高文华同样献出青春的顾作霖（1908—1934）。

高文华和顾作霖就是在穆济波的指导下，一起阅读进步书籍，一起参加革命，最后又先后献出了他们的宝贵青春。

高文华和顾作霖同样是出生于 1908 年，同时于 1922 年夏来到南京，同样以优异成绩考入南京东南大学附中，又一同在国文教师穆济波处读到了《新青年》《向导》等刊物，同时开始接触马克思主义，最后又同样是从事共青团工作，直至同样献出年轻的生命。顾作霖后来成为中央苏区共青团工作的奠基者，终因劳累过度，患了肺结核，几次吐血病倒，仍带病坚持工作。最终，在一次工作中，突然心脏剧痛，吐血不止，不省人事，抢救无效去世，时年只有 26 岁，而高文华最后牺牲时也只有 24 岁。

这些日子，高文华就是在接受进步思想教育的兴奋之中度过的。

白天下课后，国文老师穆济波要求高文华在学习课文《狭的笼》时，一定要将所学课文和马克思主义理论结合起来谈体会，谈自己怎样才能为民族解放贡献力量。

这时的夜已经很深了，高文华打着手电，认真阅读着老师和同学给他的《共产主义 ABC》，联系刚刚学到的课文《狭的笼》，皱起眉头思考起来。

《狭的笼》是鲁迅先生翻译的俄罗斯的一篇童话，文中描写了一只不愿做笼中奴隶的老虎，为同类获得自由和解放而努力奋斗的故事，最后发出了"将人类装在笼里，奴隶一般畜生一般看待的，又究竟是谁呢？"这篇童话表达了追求自由、追求解放的反抗精神。

对此，高文华在国文笔记中写下了这样的一段话：

"现在的一般社会主义者或者一般的学者，终要想怎样的改革，做了几篇文章，在书报上极力地鼓吹，但看看实际有何效果呢？若是你实行了，像老虎这样实行了，到乡间去，农民见了你们这种讲新学的早就不欢迎了，再去和他们讲什么自由不自由的大道理，他们非但听不懂，还要恨你，以为你这种吃洋教的来中国，坏掉我们的风俗。这时的社会主义者、学者出多少汗，去要他们好，而反打，这气也不可怪。因为现在工人、农人以为你们是不可靠的，犹羊之视虎，以为要吃我的。 这实是一大缺点。 所以，我们要他们好，无非我们也作为农民和他们一起生活。 于是他们就又信仰于你了。 你的信仰也可达到目的了。 我们现在可以得到一个结论，就是我们看了别人的错处，不应该马上就去教他，应当拿自己的身体放到他的地位，去得到别人的心理，这也是此文给我们的教训。"

他在这里已经思考到了一个革命者怎样带领群众去争取自由解放的关键，是要和广大群众打成一片，然后才有可能发动群众、组织群众，团结起来和反动统治作斗争。

"虽然当时高文华只有十六七岁，但他对于国家和人民所处的境遇、造成这种境遇的原因及走出这种境遇的途径，都有了自己独立的思考和定论——那就是通过革命，深入群众，紧紧依靠群众，带领他们通过由下而上的革命来推翻现有的牢笼，去争取自由和权利。"（据《高文华传》）

高文华就是这样满怀信心地找到了自己解决社会问题的正确答案。 这时，他找到革命真理后是多么地欢欣鼓舞，又是多么地欣喜若狂。 他就像是迷航的船只在大海上漂泊已久，早已失去了方向，现在终于找到了指路的灯塔。 看到那些革命理论，他一下子将自己长期以来无法解释的种种社会问题，说得清清楚楚。

"高文华渐渐地认识到，只有马克思主义才能救中国，只有走苏联十月革命的道路才能拯救千千万万的劳苦大众。"（据《雨花台革命烈士纪念馆资料》）

1924年的冬天，南京城里的杨柳全都只剩下枯黄色柳条，一个劲地在寒风中摇摆。 路边的电线杆上的又黑又细的电线在空中发出一阵阵呼啸，太阳早已失去了温暖，照在东南大学附中的校园里显得毫无生气。 一座教学楼的一间教室里，高文华、顾作霖等一批青年正紧紧地围着穆济波老师，你一言我一语地各自发表观点，说到最后高文华和几个同学居然争执起来了，双方的嗓门全都提到了最高峰，全都脸红脖子粗的。

高文华说:"我恨不得现在就走,现在就告别南京,南下广州,投身到火热的大革命中去!"

另一个同学却反对说:"还有半年就毕业了,已经读了两年半,还不如等毕业后再作打算,革命也不差这半年时间!"

原来,这天高文华和一批同学面对广东的革命形势,就是否立即中止学业,立即投身大革命的问题,一直争执不下,就和一批活跃分子来找穆济波老师,想让老师谈谈去留的问题,给同学们指导。

高文华提出立即离开东南大学附中的原因,自然是因为如火如荼的国民革命。这便是"第一次国内革命战争"或称"大革命"了。这次大革命是指1924至1927年,在中国国民党和中国共产党合作领导下,进行的一次国内革命战争,其根本任务就是反对北洋军阀统治。1923年6月12日,中国共产党在广州举行了第三次全国代表大会,确定了全体共产党员以个人名义加入国民党,与国民党建立统一战线的方针。1924年1月20日,中国国民党第一次全国代表大会在广州召开,以国共合作为基础的国民革命兴起。在中国共产党的积极参与和努力下,大革命风暴迅速席卷全国,国共合作建立之后不到一年的时间内,国内的革命形势出现了热气腾腾的新局面。后来唱遍全国的《国民革命歌》就能再现当时革命高潮时的蓬勃之势。

打倒列强,打倒列强,
除军阀,除军阀!
努力国民革命,
努力国民革命,
齐奋斗,齐奋斗!
……
国民革命成功,
国民革命成功,

齐欢唱，

齐欢唱！

"1924—1928年间，由清末新式教育和'五四'新文化运动培养起来的新知识青年，成为国共两党的社会基础和发动国民革命的主要力量。这些青年自幼脱离乡村社会，在城市中求学谋生，他们怀抱自我解放的理想，在现实生活中却找不到出路，感受着共同的压抑，酝酿着激烈的反抗情绪。国民革命打开了新知识青年投身政治的通道。青年人热血沸腾，最容易接受理想主义和激进思想的感召，甚至不惜一切，投身流血牺牲的革命运动。1924—1928年间，一场轰轰烈烈的国民革命，随第一次国共合作和'北伐'战争，席卷了半个中国。"（据《新知识青年与国民革命》）

高文华就是被这样的革命高潮激励着，提出中断在东南大学附中的学业，离开南京直奔广州，投身到火热的大革命洪流中去的意见的。

穆济波老师对学生这两种意见都表示了肯定，支持高文华等人立即南下广州，也赞同另一批同学完成学业之后再去。于是，高文华便带着一种从未有过的激动心情，告别东南大学附中。他一改往日的严肃，满脸的兴奋，一路唱着当时大革命时期流行的革命歌曲，一路小跑着，去宿舍里收拾行装准备出发了。

这一天，他和自己最要好的同学顾作霖作别。他本以为顾作霖一定会和自己一起去广州，可顾作霖居然没有走。这其实是因为顾作霖已经接受党组织的委派将奔赴上海从事秘密工作。

顾作霖于半年多之后的1925年8月，赴上海进入上海大学社会学系学习。当年冬天加入了青年团，翌年春又转为中共党员，参与指挥纪念"五卅"惨案一周年反帝示威。

高文华和顾作霖的这次分别，也是这两个青年革命者的最后诀别。他们从此就再也没有见过面，一直到两人一前一后为革命献出各自年轻的生命。

就这样,高文华于1924年底的一天,扛着简单的行李,无比兴奋地告别了母校。他将自己在学习期间使用过的书籍和撰写的文稿整理好,又用剩余的旅费买了一些书籍,然后将这些书籍和文稿装在一个箱子里面。他拎着柳条箱子,离开了宿舍,走出学校的大门。

"随着阅读更多的马克思主义书籍、进步刊物,高文华对革命理论的理解不断加深,对参加革命的追求更加迫切,他热切希望投身到救国救民的革命热潮中去。当他知道中国共产党正在广州和孙中山领导的国民党进行合作,共同进行革命,并且于5月成立了培养革命武装力量的黄埔军校时,高文华参加革命、追求真理的愿望变得更加迫切了。1924年底,17岁的高文华兴奋地和一批志同道合的热血青年毅然跨上了南行的列车,奔赴广州。"(据《高文华传》)

临行的这一天,穆济波老师组织了许多同学欢送南下广州的学生,还邀请了当时任东南大学中共负责人莅临现场给同学们讲话。穆济波对于高文华等同学热情参加革命,给予很高的评价,并且鼓励广大学生说:"鄙意以为此番运动仅认为大革命运动,尚非恰当,实乃中国解放运动之一部分也!诸君本次赴粤,将来对于华夏之民族,造福宏大!"高文华听着老师的鼓励,就更加信心百倍了。

最后,他和大家一齐高唱起《工农兵联合起来》,以表参加革命的决心,和自己的恩师、同学惜别。

工农兵联合起来!
向前进,万众一心!
工农兵联合起来!
向前进,消灭敌人!
我们勇敢,我们奋斗,
我们团结,我们前进,
杀向那帝国主义反动派的大本营,

最后胜利一定属于我们工农兵！

高文华斗志昂扬地拎着手提箱子，和老师同学挥了挥手，转身离开了校门，和十几个同学一起，向着南京火车站大踏步走去，一路走一路唱，风风火火，头也不回。

第三章
投身黄埔

　　广州一年的天气里似乎有意将冬天省略了，到了年底还是那么地温暖，这在南京或者无锡是无法想象的。

　　在黄埔军校公布三期学员录取名单的那天，高文华穿着两件单衣，早早地和同学们一起来到军校的大门口，等待着公布栏上张贴出的大红纸公告。他此刻的心情自然是十分地激动兴奋。学校门前的人越聚越多，他们都是来自全国各地的热血青年，望着他们，他的心又变得忐忑不安起来。他知道要考入黄埔军校需要过许多关口，就像是过五关斩六将似的，先要有人推荐，然后是政审，接着是各省初考，最后才到广州来参加复试。 这第三期招考参加复试的考生就有成千上万，而录取的也不过千人，这让高文华十分担心起来了，生怕自己名落孙山。

他望着门前那些手持纸糊彩旗的青年学子，看着学校那威严的大门，他的脸上居然紧张得泛了红，两眼紧紧盯着校门上的"陆军军官学校"六个大字。

黄埔军校位于广州市长洲岛，小岛四面环水，上面筑有多处炮台，隔江相对的便是鱼珠炮台，侧面还有沙路炮台。 这样的地势能够控制江面，真的是易守难攻，而作为军校又便于学习、练武。 所以，孙中山选择这里作为陆军军官学校的办学场所，确实十分合适。 军校的大门坐南向北，直面珠江，在大门的牌坊门额上有白底黑字的"陆军军官学校"横匾，那是国民党元老谭延闿的手笔。 大门内正面是一幢楼，是学校本部。 这是一座岭南祠堂式的四合院建筑，两层高，砖木结构。 在中轴线的东西两侧，房舍排列的形式一致，相互对称，这便是军校的教室了。

尽管这里的校舍和东南大学相比，自然要矮小简陋得多，但对于高文华而言，这是他向往已久的革命熔炉，自己必须进去锻炼锤打不可。

黄埔军校第三期的招生是面向全国的，每个省都有一定的名额。军校的招生条件也十分严格，首先在思想上要认同国民党的政治纲领，学历上还得是中学毕业。 然后，要经过两个国民党员的介绍推荐，方可报名参加考试。 考试科目分为笔试和口试，笔试主要考数学和政治，口试就是了解政治表现是否合格。 考试的程序是各省初试，到广州复试。

"黄埔军校的招生考试，除了作文外，还要进行数学、历史、地理等内容的考试，但都是等同于旧式中学的学力水平的考题。 要考国文、算数、三民主义、典范令、实兵指挥等项目。 报考无线电专业，加考听力、物理、数学和英语。另外升军职用的高级班要求考战术、兵器、筑城、地形、交通、政治、数学、理化、口述。"（据《黄埔军校的招生》）

　　报考黄埔军校是高文华在《新青年》看到了《招生简章》之后决定的。他自从立下改造旧世界的宏愿大志之后，就下定决心要到黄埔军校去学习深造，将来能做一番救国救民的大事业。因此，他约了几个志同道合的同学，先是参加了初考，在被录取后便风尘仆仆地直奔广州参加复考来了。

　　据黄埔军校校史记载，1924年6月16日，国民党陆军军官学校于广州黄埔正式成立。同一天，招收的第一期学员举行开学典礼。孙中山亲自到场发表了热情洋溢的讲话："要从今天起，立一个志愿，一生一世，都不存在升官发财的心理，只知道做救国救民的事业！"孙中山还宣布了训词："三民主义，吾党所宗。以建民国，以进大同。咨尔多士，为民前锋。夙夜匪懈，主义是从。矢勤矢勇，必信必忠。一心一德，贯彻始终！"高文华就是从《新青年》上看到这些宣传，才坚定了报考的决心。

　　一直到天近中午，一阵锣鼓声从校门内传来，一队身着军服的军校师生从大门里出来了。一个长官来到门前，对着广大考生大声宣布第三期学员录取名单公布，并且命令张贴公布上墙。片刻过后，还没有等张贴好，一大批考生便蜂拥而上，争先恐后地看着录取名单。一时间，学校门口热闹非凡，歌声嘹亮。

　　高文华长得瘦小，根本挤不上去，只得站在一旁干着急，一直等到半个多小时过后，大家全都看过了，人慢慢地稀少下来，他才得以走上前去，从名单的第一排开始看起，然后一一往下仔仔细细地看，一直看到自己的名字确实写在上面，这才长长地舒了一口气。

　　根据《黄埔军校校史资料》记载："1924年10月1日，第三期开学，共分9个步兵队与1个骑兵队，不分科目。1926年1月17日毕业，计1233人。"另据《无锡早期的黄埔军校学生》记载："第三期步兵队学员高文华，1908年生，无锡城内岸桥弄人。 在省立第三师范附属实验小学毕业后，考入南京东南大学附中。 1924年夏到广东，进军校，因学业优秀转入高级政治训练班学习，参加东征，1925年任连指导员，并加入中国共产党。"

以上两种资料说明，高文华考入黄埔军校的时间，一是1924年的10月，二是1924年夏。 而据《高文华传》记载："1924年冬天，高文华考入黄埔军校第三期。 该期于1924年冬天招考于广州、上海等地，陆续进校，分步、骑两科，高文华被分配到步兵科。 1925年1月，黄埔三期学生相继成立第一、二两营，编为第一纵队，以王懋功为总队长，张治中为总队附，陈继承为第一营长，张治中兼第二营长。 后又续编第三营，以文素松为营长。 4月11日，张治中被任命为代理总队长，负责全队入伍生的训练。 入伍生的教育为3个月，期满后，再修学6个月就可毕业。 高文华考入黄埔军校时年仅17岁。 他的身体比较瘦弱，但凭借着高度的革命热情和武装革命必胜的信念，在严格的军事训练中刻苦坚持，从不因为苦和累而退缩。"这里记载高文华进入黄埔军校的时间又是"1924年冬天"。

不过，以上三种资料记载高文华进入黄埔军校全都是1924年底前后，这一点应该确信无疑。

此刻，高文华看到自己的名字端端正正地排列在录取名单之中，得知自己考中之时，一种喜悦和兴奋之情油然而生，也就忍不住和大家一起高唱起《陆军军官学校校歌》来：

莘莘学子，亲爱精诚，三民主义，是我革命先声！
革命英雄，国民先锋，再接再厉，继续先烈成功！
同学同道，乐遵教导，始终生死，毋忘今日该校！
以血洒花，以校作家，卧薪尝胆，努力建设中华！

高文华以满腔的热忱投身到黄埔军校的学习生活之中。

黄埔军校以孙中山亲手制定的"亲爱精诚"作为校训，同学们天天高唱着"以血洒花，以校作家，卧薪尝胆，努力建设中华"的校歌，天天高唱着"打倒列强、除军阀"的军歌，天天高喊着"不要钱、不要命、爱国家、爱百姓"的口号。所有的这些全都让高文华热血沸腾，特别是看到校门上贴着"升官发财行往他处，贪生畏死勿入斯门"的对联，在训练中又高呼着"四不十不怕"的军令——"不拉夫、不抢劫、不捐饷、不住民房"，"不怕死、不怕穷、不怕冻、不怕热、不怕痛、不怕饥、不怕疲、不怕远、不怕重、不怕险"。这些全都让高文华全身激荡着一股革命英雄主义的气概。

当然，正是这些让初入黄埔的高文华带着一股革命激情，申请加入了刚刚成立的"三民主义学会"。然而，随着学习的不断深入，特别是黄埔军校倡导政治讨论的方式，使高文华渐渐感到三民主义的不足。

这些日子，虽说广州冬天的气温一直是十分地温暖，可让高文华在军校里看到了政治气候越来越恶劣。这个恶劣不是国民革命军和反动军阀之间的斗争，而是黄埔军校内部的思想斗争。

对于高文华而言，在黄埔军校读书的首要目的，就是寻找解决中国社会问题的方法，救民众于水深火热，救国救民、振兴中华。所以，关于三民主义和社会主义的讨论，他是每场必到。每次都认真地听，细心地记，静静地思考。

高文华这一天参加学校组织的政治研究小组的讨论，谁知道就在这次讨论中，双方争执起来，互不相让，最后还动了手。

这个时候，教室里的讨论会首先就黄埔学生要选择什么样的信仰展开辩论。

作为中国青年军联合会代表的李之龙率先站起来发言："三民主义固然是我们黄埔军校的指导思想，但是它是脆弱的、唯心主义的，缺乏坚强的革命性。其他的无政府主义、国家主义全都毫无革命性可言。只有共产主义是科学的，是最富于革命性与阶级性的！"

信仰三民主义的同学一听他在这里公开批评三民主义是"脆弱的、唯心主义的，缺乏坚强的革命性"，当即就是一阵抗议。

双方争执到最后，孙文主义学会选出发言代表王柏龄，走上讲台发言："孙中山是中华民族的领袖，继承了中国的千年古训，开启了三民主义革命学说，他了解中国国情，以他提出的三民主义为指导来进行革命可以创造出大同世界，所以要信仰三民主义，以三民主义为革命目标！"

对于三民主义革命问题，中国青年军联合会的成员则认为三民主义只是共产主义的一个阶段。中国青年军联合会代表蒋先云这样对大家说："共产主义有步骤、有组织，对于每个时期的情况有各种不同的策略，找出了历史发展的规律，指出了如何实现共产主义的道路。共产主义理论指导中国需要经过一个以三民主义为号召的非资本主义的资产阶级性质的民主革命的道路！"

对于共产主义理论，孙文主义学会自然不能接受，他们明确表示了这是一个立场问题。孙文主义学会代表缪斌便厉声说："黄埔军校的学生应该做三民主义的信徒，而对那以舶来品为教条的社会主义说，一概不能接受！"

对于这个观点，中国青年军联合会代表周逸群则认为："一个真正为革命而奋斗的青年，应该有远大的目标、崇高的信仰，信仰共产主义，做一个共产党员，积极协助完成三民主义革命，然后再进行社会主义革命。科学是没有国界的，共产主义虽然是舶来品，但它是放之四海而皆准的真理，是最理想的革命目标！"

讨论的结果是双方各执一词，互不相让，最后动起手来，将讨论从教室移到了外面的操场，双方全都要一口吃了对方，引来了许多师生前来围观。

其实，这种政治讨论会的学习形式，正是黄埔军校的一个独创，它是以各区队作为讨论班，由学生自己当主席的一种学习会。本来在会上由学生对国内形势、各个重大事件及政策充分发表意见，然后由政治部派员指导结论。可是这一次的讨论，分歧意见严重，最后只得提请军校政治部来裁决。

事实上，黄埔军校内部的两种对立思想斗争越来越激烈了，而斗争的形式则是以学生组织的形式出现的。当时军校里先后成立"中国青年军人联合会"和"孙文主义学会"两个学生组织。各有各的机构，各有各的机关刊物，全都以本校为中心，在校内校外开展活动。"青军会"是以共产党员、共青团员和左派学生为核心的革命组织，而"孙文主义学会"是以国民党右派为核心的学生组织。

"无论是行军、上课、还是开会，共产党人和青军会员为了坚持正义，对孙文主义学会分子和国民党右派的挑衅和污蔑，当仁不让，据理驳斥。这样，革命与反动的两派学生，反映了共产党与国民党右派思想的斗争就常常唇枪舌剑，辩论激烈，有时竟至无法上课，或会议不终而散。"（据《黄埔历史概略》）

"孙文主义学会说什么'国民党是革命的政党'、'三民主义是救国的主义'、'共产主义不合中国的国情'，号召黄埔学生'要做中国国民党的忠实同志'。他们又胡说什么孙文主义学会是革命的左派组织，青年军人联合会是反动的右派组织。从此，两派斗争更加激化，甚至动武，双方经常打得头破血流。"（据《两年黄埔军校生活见闻》）

当然，锣不敲不响，理不辩不明。高文华正是经过这样的辩论和斗争，才逐步认识到了三民主义和共产主义之间的根本区别，最后才决定信仰共产主义的。"高文华起初识别不清，曾一度加入孙文主义学会，但是随着学习的深入和对当时形势的分析，三民主义在高文华心目中的地位逐渐动摇，最终他退出了孙文主义学会。"（据《高文华传》）

炮火连天，硝烟弥漫，枪声、爆炸声、呐喊声此起彼伏。

1925年2月14日，是黄埔军校学生参加的东征战斗最激烈的一天。这天东征军发起对淡水城的攻击令已经几个小时过去了，可敌人依据淡水城高墙厚，根本没能前进一步，而且东征军的战士一批又一批地牺牲了。

据守城内的敌军约有 4000 人，淡水城又距敌军占据的惠州只有 70 华里，此时敌人已经急调 2000 余人从惠州驰援淡水，援军可朝发夕至。所以，黄埔校军必须赶在敌人援军到达之前，来个速战速决，一举攻下淡水城。否则，后果不堪设想。

这个今天位于深圳东北的淡水城，虽是一座小城，但四周筑有高 6 米、厚 3 米由石头砌成的城墙，完全可以抵挡枪炮的射击。城墙上还设有 3 层枪眼，又组成了立体射击火力网。城墙下面还挖了一道又宽又深的壕沟，此外便是 300 多米宽的洼地，地势开阔，一览无遗，这些都让黄埔校军根本无法进攻。

这时，设在淡水城南门外玉虚宫的校军指挥部里，校长蒋介石再次下达了进攻淡水城的命令。可是，官兵们的枪弹全都被那又高又厚的土城墙给挡住了，数量本来就不多的山炮炮弹也无法对城墙造成根本性破坏。这让蒋介石急得团团转，一时想不出什么好的主意来。可时间不等人，敌人的援军马上就要到达。

军情十万火急！

原来，军阀陈炯明自 1922 年冬退踞粤东东江一带之后，一直和广州孙中山领导的革命政府相对抗。1924 年冬，他乘孙中山北上之机，自封为救粤军总司令，汇集兵力 3 万余人，在英帝国主义及北洋军阀段祺瑞政府的支持下，磨刀霍霍，准备进攻广州。针对这样的形势，广东革命政府决定，以黄埔军校学生军和粤军为右路军，由军校校长、粤军参谋长蒋介石统领，周恩来担任政治部主任，作为东征的主力，于 1925 年 2 月誓师出发。

高文华作为黄埔军校第三期学生兵，也接到了命令参加东征的战斗，被编入东征军的右路军，直接在蒋介石和周恩来的领导之下。

高文华和黄埔军校官兵一起，衣领上系上了红领带，精神抖擞地开向前线。他和同学们在背包上挂着"爱国家、爱人民，不贪财、不怕死"的牌子行军，每到一地，纪律严明，军装整齐。 沿途的老百姓看着这样的军队，自然是十分地欢迎，一路上热情送水，送煮鸡蛋，送烤红薯。 高文华和同学们根据军校的纪律，即使是喝一碗水，也给群众留下几块铜板，拿了鸡蛋红薯就更是付钱了。 他就是这样，随着黄埔校军一路高歌猛进，向着潮汕地区迅速进发。

高文华随东征军一路猛攻，每到一处，守军纷纷溃败，丢盔卸甲。特别是高文华他们在共产党员彭湃领导的海陆丰农民自卫队的支援下，更是一路势如破竹。2月1日，高文华所在的黄埔校军与粤军联合行动，首先肃清广九路的敌军，随后向淡水城疾进。2月2日，又乘船向沙角前进，接着直下虎门、东莞、石龙、樟木头、塘头厦、平湖、龙岗，迫临淡水城。

正在高文华因为胜利而感到得意的时候，黄埔校军打到了淡水城，却久攻不下，而且伤亡惨重。 这让高文华感到措手不及。

然而，也就是因为这次惨烈的战斗，高文华才有了切身接受教育的机会。 参加东征的战斗过程，其实不仅仅是对高文华的一次战斗历练，更为重要的是让他在战斗中看到了共产党员的革命精神，让他切身感受到共产党人的革命意志。

当天晚上，蒋介石与周恩来、钱大钧、苏俄顾问加伦一起，紧急研究部队攻城受阻战况，最后决定挑选一批敢死队员，不惜一切代价，在15日上午一定要攻下淡水城。

这是黄埔校军东征途中遇到的第一块硬骨头，也是校军东征以来接触的第一场大的战斗。

挑选敢死队员的消息传达到黄埔校军的士兵中，大家立即沸腾起来了，左权、陈赓等一大批共产党员纷纷要求参加敢死队。 受到共产党员的影响，高文华也积极报名参加敢死队。 当天夜里，敢死队员们趁着夜色，开始悄悄地向城墙根爬去。 由8名共产党员、2名国民党员担任敢死队领队，105名黄埔军校学员组成的敢死队，全都带着准备为国献身的决心，向城墙方向一步一步地爬去，一步一步地接近城墙。他们到达墙根之后便潜伏起来，等待着总攻的号令。

2月15日7时整，苏联炮兵顾问夏斯特洛夫挥动着指挥旗，两门山炮一齐向淡水城的东南角开始猛轰。炮弹呼啸着飞向城墙，守城敌军官兵一部分被榴霰弹击中，隐蔽在城墙下的军校官兵突然一齐开火，高文华和其他敢死队员们一跃而起，冒着浓浓的硝烟，冲向了城根。

敢死队员们利用云梯爬城，左权把共产党员士兵集中在了一起，分作三列，搭人梯爬城，率先攻城。可敌人还是凭险顽抗，一阵子弹打过来，无数的共产党员便中弹了，一批一批地仆倒在城根下面，一时间城根下到处都是敢死队员的尸体。这时，高文华也毫不犹豫地冲上了城头。他虽然个子矮小，却十分敏捷，挥舞着手中的大刀登上了城头，朝着敌人的头上狠狠地砍去。守城敌军见黄埔校军锐不可当，城下愈攻愈猛，有的缴械投降，有的退避街巷。

在付出重大伤亡的代价之后，攻城终于取得了成功。

"接着，在中国共产党支持下，黄埔军校以教导第一、第二团，炮兵营、工兵营、辎重队及军校第二期步兵总队、第三期入伍生第一营组成校军，参加右路军行动，成为东征军的主力，又有共产党人彭湃的农民军配合，进军一直比较顺利。1925年3月12日，陈炯明的林虎部队7000多人忽然向汕头西面棉湖地区反扑，那里的革命军只有1000多人，伤亡惨重。当时蒋介石、何应钦等军事领导人都感到束手无策，十分惊慌。于是周恩来挺身而出，一面命令共产党员率部坚决阻击敌人，自己则亲自登上炮兵阵地，在纷飞的炮火中，指挥炮兵猛轰叛军，并击中叛军指挥部，将其前线指挥官击毙。此后东征军的进展，势如破竹，击溃了陈炯明部主力，控制了东江地区，取得了第一次东征的胜利。"（据《在两次东征中》）

面对这样猛烈的战斗，高文华陷入了沉思之中。他从这两次战斗中看到了共产党人的英勇献身精神，认识到了只有共产党人才是真正为了革命宁愿牺牲个人的一切，只有共产党才是真正的无私无畏的革命者。

"打倒帝国主义！"

"为'五卅'惨案死者报仇雪恨！"

"六二三"的游行现场充满了紧张气氛，可高文华还是高举着纸糊的三角旗，紧紧地跟着游行的队伍，一边高喊着口号，一边向前走去。

这是1925年6月23日的中午，广州各界群众、香港大罢工工人，以及黄埔军校的学生，在东校场集会声援上海的工人、学生之后，便浩浩荡荡地开始了游行示威。走在游行队伍最前列的是中共党员陈延年、周恩来。参加游行的总人数高达十数万之众，把广州的这条主街道挤得水泄不通，街两旁看热闹的市民全都趴满了两边楼上的阳台。"省港罢工委员会"的方旗在最前面打头，后面的所有人全都高举着写了标语口号的三角旗，许多工人头上戴着又大又圆的竹编凉帽，军人戴着灰色的大盖帽，学生戴着黑布帽，商贩戴着黑礼帽，远远地望去，只见到一个个头在动，就像是无数的蚂蚁。成千上万的游行者齐声高喊着口号：

"打倒帝国主义！为'五卅'惨案死者报仇雪恨！"

高文华将手中的三角旗举过了头顶，一路走一路喊，早已是声音嘶哑。

下午2时15分，高文华随着游行队伍到达沙基，队伍按前后秩序，慢慢地转入沙基一带。不一会儿，前队已经经过了沙面西桥口，转入菜栏街。按游行计划，游行队伍将返回西瓜园解散。可是，就在2时40分，当岭南大学、坤维女子师范学校、圣心书院和黄埔军校等校的学生，将要抵西桥口的时候，沙面内的外国人突然全部撤离，随即就发生了一场震惊中外的惨案。

"6月23日，由陈延年和周恩来参与领导的游行队伍，从广州东校场开始进行示威游行。当游行队伍经过沙面租界对岸的沙基时，英国士兵突然用排枪和机关枪向游行队伍扫射，英国军舰也同时开炮，造成52名游行群众死亡，170多人重伤，历史上称其为'沙基惨案'，又称'六二三'事件。"（据《用路名纪念那段悲痛的历史》）

"在'五卅'惨案发生之后，中共方面广东区委员会和中华全国总工会派遣了杨殷、苏兆征、林伟民、邓中夏来到香港和广州的租界内筹划、组织、领导香港工会和普通工人群众进行罢工运动。1925年的6月19日，香港的电车工人和海员还有印刷厂工人先行罢工，紧接着香港几乎全部行业的工人都积极响应罢工活动，这次省港大罢工的示威者数量高达25万人。"（据《省港大罢工：世界历史上最惨烈也是最成功的罢工》）

　　组织者考虑到罢工的人数太多，将这次大罢工分三个会场进行，第一个会场是香港工农界罢工活动，由省港大罢工的主要成员谭平山主持；第二个会场是学生和商人的罢课会场，由省港大罢工的主要成员伍朝枢、邹鲁主持；第三个会场是军事会场，则是由汪精卫领导。会议结束之后，三个分会场的罢工者，同时进行了大游行。

　　据《雨花台革命烈士资料》记载："高文华所在的黄埔军校第三期入伍生队伍全部加入游行队伍中。当岭南大学、坤维女子师范学校、圣心书院、执信和广州二校及黄埔军校等学生队伍到达沙基时，突然遭到沙面租界英国军警的排枪射击，停泊在白鹅潭的英法军舰也开炮轰击，造成惨重伤亡，据不完全统计，在这次事件中有50余人被打死，170余人受重伤，轻伤不计其数。"

　　高文华看到沙面维多利酒店的楼上，有一个穿着西装的外国人，先用手枪向游行群众开枪射击，紧接着沙面内的英法军队一听到枪声，便用机枪向沙基一带的游行群众扫射。

　　游行的队伍顿时混乱起来，到处都是枪声、炮声、惨叫声，群众四处逃避，但因为人多拥挤，躲避不及的群众当场被打死几十个人。后经统计，死者中有13岁儿童1人、学生4人、教师1人、商人9人、工人6人，牺牲人数最多的是黄埔军校师生，有27人之多。

　　据当时亲历惨案者回忆，中弹倒地的人，全都是因为创口极大，难以救治而死。这是英法军队使用了达姆弹。这达姆弹又称"开花弹"，是一种"入身变形子弹"或"入体变形弹"，是具有极高杀伤力的"扩张型"子弹。 这种子弹射入人体后，当即扩张，使人的五脏六腑立马受到毁灭性打击。

高文华个头较小，躲过了这一劫，可他看到在自己面前一个又一个的人中弹倒下，鲜血流满了路面，大街上全都是倒地的尸体。

通过这件事情，高文华再一次看到了共产党人和帝国主义斗争的坚决顽强。 事实正是如此，这次大罢工，中国共产党在其中发挥了重要的领导作用。"1925年'五卅'惨案后，中共中央广州临时委员会和中共广东区委根据中央关于声援上海人民斗争的指示，决定指派邓中夏、黄平、杨殷、杨匏安、苏兆征组成党团，到香港组织罢工。 经过短短几天的发动，工人们纷纷表示赞成举行罢工，声援上海反帝爱国运动，并成立全港工团联合会，作为香港组织罢工的公开指挥机关。 由苏兆征任干事局长，黄平任外交委员，邓中夏任参谋长。 6月中旬，中共广东区委又指定冯菊坡、刘尔嵩、施卜、李森、林伟民、陈延年组成党团，负责发动广州洋务工人罢工和组织接待香港罢工工人。"（据《中国共产党与省港大罢工》）

此刻，高文华从地上爬起来，擦干了身上溅到的鲜血，两只眼睛里充满了仇恨的火苗。 他从内心深处感受到了帝国主义对中国的压迫，也感受到了只有推翻帝国主义这座大山，中国人民才能过上好日子。 而要想达到这一奋斗目标，只有跟着共产党闹革命。

"打倒帝国主义！ 为'沙基惨案'死难者报仇雪恨！"高文华听到远处响起的口号，仇恨之火充斥着胸膛。

这些日子，高文华一直沉浸在"沙基惨案"的悲愤之中。

他通过自己到黄埔军校的这半年多的所见所闻，慢慢地领悟到一个道理，那就是要想彻底打倒帝国主义、封建主义和官僚资本主义，只依靠喊口号是远远不够的，只依靠国民党也是远远不够的。 血的教训、铁的事实，让他逐步认识到只有在中国共产党的领导下，才能领导全国人民完成推翻三座大山的历史任务。 也正是基于这种思想，他报名参加了政训班的学习。

1925年6月14日,高文华所在的黄埔军校第三期入伍生见习期满了,学校开始着手将这些见习期满的学员,编入黄埔军校的连队,进入正式学习的阶段。 同年6月20日,黄埔军校开设政治训练班,要从高文华的这批学员中选拔一批学员进行重点培养。 根据《黄埔军校简史》记载:"这一期政治训练班从第二期学生队、第三期入伍生队、湘军学校、滇军投诚干部学校学生、桂军军官学校学生及学兵连中选择一百二十名,分三个班教授。 一班速成,以一个月为期;另外两个班以三个月为期,以培养党代表和政治宣传人才。 选拔考试的内容以国文试题、政治问答、调查甄别、政治口才为主,择优录取。"

高文华经过组织推荐,自愿报名之后参加了招生考试,最后以优异的成绩被录取了。

然而,就在高文华沉浸在考取政训班的兴奋之中的几天后,他参加省港大罢工的游行,结果目睹了帝国主义制造的"沙基惨案"。 这使他再一次陷入了深思之中,也就更加坚定了他认真学习政治理论,弄懂中国革命问题的决心和信心。

1925年6月下旬的一天,政治训练班开学了,高文华和其他学员一起去参加政治培训。 据有关资料介绍,政训班设立在一个很大的露天操场上,就在操场上临时搭建了一座能放下许多双层木架床的帐篷作为学员的寝室,上课则安排在学校的大礼堂里。 训练班因是为了突击训练一批随军东征的政工人员而临时设立的,所以军事课程和操场动作全都被取消了,只上政治课。

曾在1924年初,孙中山决定吸取苏联红军的政治建设经验,在黄埔军校实行党代表制度。 同年11月,时任军校政治部主任的周恩来将党代表制度在军校教导团中全面实施。 1925年秋开始,党代表制度又陆续在国民革命军的一些部队中实行。 党代表制的具体内容是要求连队以上军事组织内,都要配备一名党代表,以监督同级军事长官行使职权。 但事实上,党代表制并不被大多数人认可,工作的难度也很大。随着国民革命军的不断扩展,需要党代表的人数不断增加,水平也必须随之提升,否则党代表制就形同虚设了。因此,在周恩来的直接倡导下,军校开设了政治训练班。

高文华他们在政训班的上课内容,主要有八项:一、帝国主义的解剖;二、中国民族革命问题;三、社会发展史;四、帝国主义侵略史;五、中国近代民族革命史;六、各国政党史略;七、各国革命史;八、三民主义。这些全都是他正急于要弄清楚的社会问题,所以,他在学习时也就十分地认真刻苦。

政训班开学之后,周恩来在训练班上专门作了《国民革命及军事政治工作》的报告,就军队为什么要有政治工作,军队政治工作的范围,战争中政治工作的目的、要求做了全面的阐述。这些都对高文华有着很大的帮助。

那段时间,高文华和同学们还一起研究如何制订战时政治工作计划,如何撰写宣传大纲,提出可以把"实行三民主义""打倒帝国主义""打倒军阀""打倒贪官污吏"等作为战时宣传的口号。

开学后的一天晚上,高文华作为演讲人,参加政训班一个三人小组的讨论会。另两个同学一个担任主持人,一个担任记录员。主持人在宣布这次讨论的主题时说:"今天我们讨论的课题是,打倒帝国主义,把中国人民从水深火热之中解放出来。要完成这项历史使命,首先要解决的问题是什么?"其实,这个问题恰恰就是当时中国革命面临的一个重大社会问题,也正是高文华一直在苦苦探索的大是大非问题。

高文华认为,首先必须要有一个能够领导全国人民的政党,而能够领导中国革命的只有中国共产党!他在经过一番阐述之后,得出了这样的结论。

这个三人学习小组,是高文华有意识自愿组合而成的,三个人全都是倾向共产党,其中还有一个本身就是共产党员。所以,就是受到这些共产党员的影响,高文华在思想上产生了巨大的变化。

按照《黄埔军校简史》的记载："政训班将参训学生每三人编为一小组，各小组每天下午轮流担任主席、演讲人、记录，进行演练。对演讲姿势、演讲内容、演讲声调有何不足，主席的风度、掌握能力是否合适，记录是否记下了重点等问题，反复互相观摩，互相帮助，互相促进，共同提高。"

政训班的这种训练方法实用有效，使高文华受到了很大的教育和锻炼，也使高文华的文才和口才得到了很大的提高，特别是让他在思想认识上有了飞跃的提升。

这次讨论演讲结束前，主持人进行了小结："同学们，这些日子我们亲身经历了东征战役和'沙基惨案'，让我们目睹了帝国主义和反动军阀的凶残，而要想战胜帝国主义和反动军阀，就必须让全国人民团结起来，团结就是力量，团结才能胜利。而能让全国人员团结一心的，只有中国共产党！因为共产党是为了广大穷苦百姓利益的，广大人民才会听从共产党的指挥！而国民党虽然也反帝反封建，可他是代表有钱人的利益。这就是共产党和国民党的根本区别。因此，只有共产党，才能救中国！"

高文华听完主持人的总结，眼前随之一亮。此刻，他已经看到了中国革命的方向。

1925年的一天，高文华接到一个通知，要他到广州市一条街道去，参加一个由中共地下党组织召开的会议。高文华此前已经向黄埔军校内的中共党组织，秘密地提交了自己的入党申请书。只是他没有想到，今天自己一爬上阁楼，就一眼看见一面鲜红的、上面有镰刀斧头的共产党党旗，悬挂在东面的墙壁上。此刻，高文华才得知自己被接收成为中国共产党的党员，要在这里举行秘密宣誓了。

他不由地一阵激动，两只眼睛也随之湿润起来。

他想起了自己这几年的苦苦寻找，想起了自己的家庭，更是想起了他这些日子目睹的"沙基惨案"，最后又想起了第一次东征的战斗。

作为一个有志于改造旧社会，为人民谋求解放的青年，寻找到一条能够实现自己的理想抱负的道路，是他一生的信仰，也是他一生的追求。今天，他终于能够找到了这条道路，找到了实现自己理想的组织，这让他怎能不激动呢？

当他初踏上广州这片革命热土的时候，他看到广州的革命气氛十分地高涨，到处都是"打倒列强，除军阀"的群众游行和集会。这让他着实激动了好几天。他经历了1925年7月1日广州元帅府改组成为中华民国国民政府，汪精卫任政府主席之后，统一各地方军队名称为国民革命军，将黄埔军校军和各地军队合编成六个军。他所在的黄埔军校军也被改编为国民革命军第一军，黄埔军校校长蒋介石任军长。就在同一天，高文华所在的黄埔军校三期学员也举行了开学典礼，蒋介石参加开学典礼并讲话。

这个时候，高文华在亲身经历这些重大历史事件的同时，必须面临着政治信仰的抉择。

黄埔军校这样的革命氛围无时无刻地影响着高文华，他虽然在刚入黄埔军校时加入了孙文主义学会，可有同学问他："现在许多人加入了CP（即中国共产党），你呢？"高文华笑了笑，没有回答，因为他认为，作为一个思想正派的人，不能脚踩两只船，而作为一个革命者，更不能信仰两个主义。这时，他追求的是孙中山的三民主义，对共产主义还不是太了解。

然而，他在嘴上虽然是这么说，可到了晚上，他便更加热切地阅读起共产主义的书籍。

特别是后来参加东征战役的经历，耳闻目睹共产党人的英勇顽强，也看到了国民党人的各种不公现象，加上共产党针对军阀混战、人民灾难、反帝反封建的许多理论著作，全都使高文华做出了新的正确抉择，最后决定放弃孙文主义学会，要求加入中国共产党。

高文华入党后才知道，黄埔军校中共组织的总负责人是周恩来，第三期党支部书记是杨其纲。

"在共产党员的积极影响下，军校师生向往共产主义的日益增多，有的师生原先参加国民党的，也转而要求秘密参加共产党。如黄埔第一期学生左权是在军校由陈赓介绍入党的。侯镜如原是国民党员，也由周恩来和郭俊二人介绍秘密加入中国共产党。这些共产党员在军校政治工作中，做出了不可磨灭的贡献，其政治工作的先驱作用不可低估。中国共产党在黄埔军校中的组织是秘密组织，开始叫黄埔直属支部，归中共广东区委领导，由广东区委军委书记、军校政治部主任周恩来直接指导。"（据《黄埔军校内的党组织》）"黄埔军校中的中共组织，一面帮助国民党发展组织，一面培养、吸收和发展共产党员。建校之初，中国共产党派遣50多名党员进入黄埔军校，约占当时全国党员总数的1/20，说明中国共产党对军校工作的积极支持与合作。从1925年末到1927年初，经黄埔军校培养发展的共产党员和青年团员近4000人，表明中国共产党在黄埔军校中影响之大和对发展组织的重视与努力。"（据《黄埔军校内的党组织》）

这一天，高文华在向党组织汇报自己的思想认识时，说了这样的一句话："为人类争真理的英勇斗争，才是奋斗，所以一个真正的奋斗者，决不顾虑牺牲的大小、成功的多少或者失败的。我要做的就是使天下穷苦人将来能够吃饱穿暖的事情！"

高文华便是站在这样的认识高度，加入了中国共产党。

关于高文华的入党时间，许多资料只说1925年，具体是哪月哪日，无法查清。据雨花台革命烈士纪念馆资料记载："1924年冬天，高文华进了黄埔军校。1925年加入中国共产党。同年8月被派到国民革命军第三师担任连党代表，参加讨伐陈炯明的东征战役。"这里虽然没说具体，但从文字上进行推论，高文华是在8月之前入党，然后被派到国民革命军第三师担任连党代表。

当然，根据《高文华传》记载："在黄埔军校的学习和东征的数次战斗中，高文华看到一些孙文主义学会成员到部队后，腐化堕落、贪生怕死，同旧军官、兵痞无两样，极为不满。同时，高文华结识了许多共产党员，在他们的引导下，认真阅读《共产党宣言》《共产主义ABC》《社会科学大纲》等许多马克思主义理论书籍，写了大量的读书笔记。他认识到一个人觉悟了是没用的，一定要团结起来，推倒一切恶劣势力，解放自己。推倒恶劣势力的方法，唯一的只有革命。经过内心的对比和斗争，高文华在政治上作出新的选择，就在这一年，他光荣地加入中国共产党。"这里，高文华的入党的具体时间，似乎是在第二次东征之后。

《高文华烈士的革命事迹及精神研究》也记载："在学习和战斗中，他结识了许多共产党员，在他们的引导下，高文华认真阅读了《共产党宣言》《共产主义ABC》《社会科学大纲》等许多马克思主义理论书籍，写了大量的读书笔记。1925年，高文华加入了中国共产党。"这里也没有说明具体日期。

当然，可以肯定的是，从1925年起，高文华终于找到了自己的人生方向，并且为之奋斗一生，直至献出自己年轻的生命。

在入党这一天，高文华面对鲜红的党旗，举起了拳头宣誓道：

"牺牲个人，努力革命，阶级斗争，服从组织，严守秘密，永不叛党！"

这是一名共产党员对党和人民作出的庄严承诺。

这个承诺，一言既出，一诺千金，在任何情况下，都不忘初心，都会铭记铮铮誓言，做到政治信仰不变、政治立场不移、政治方向不偏，哪怕是牺牲个人的一切，包括自己的生命。

第四章
北伐血战

1925年10月13日上午，惠州攻城战役打响了。

国民革命军以猛烈的炮火开始轰击城门、堞楼，以及城内敌军的司令部、炮兵阵地、侧防机枪、无线电台等所有重要军事目标，还出动了一架轰炸机，向城内投放炸弹和宣传单。霎时间，整个惠州城便笼罩在硝烟火光和飘飞的彩色传单之中了。

惠州城分东西两个城，号称是东江天险，城墙高大坚固，易守难攻。东城外面还有一条很深的城壕，西城又是三面环水，一面也挖有很深的城壕。所以，国民革命军的战士们要想靠近城根然后攻上城头，难度确实非常之大。在过去的几年军阀混战中，这座城墙还从未有过被攻克的先例。

这天下午，国民革命军三师各团总攻开始了，攻城先锋队开始用木梯爬城，双方一是死守一是强攻，战斗也就打得异常的惨烈。由于梯子太短而城墙又高，敌人城上的工事没有被摧毁，敌人便居高临下，拼命地进行顽抗。最后，国民革命军的多次冲锋全都以失败告终，冲上城墙去的官兵一排接着一排地从城头摔了下来，死伤遍地，血流城墙。

高文华正在这支参战的队伍里，在第三师某连担任党代表。

他和连长带领全连战士一起攻城，可牺牲了一大批战友，结果还是没能攻上城头。最后，高文华悲痛欲绝地背着已经身受重伤的连长撤下了阵地，又眼睁睁地看着连长牺牲在自己的怀里。

这惠州之战是第二次东征的一场硬战，国民革命军损失十分惨重。

第二次东征是1925年10月至11月，在第一次国内革命战争中，广州国民政府东征军在广东地区，对军阀陈炯明残部的一次进攻性战役，而第一场大仗便是惠州之战。

1925年9月，原已被打败的广东军阀陈炯明残部，乘东征军主力回师广州平叛之机，再次发动叛乱。盘踞广东东南部的军阀邓本殷也与其配合，企图向广州进攻。广州国民政府为彻底消灭广东的军阀势力，统一广东革命根据地，决定进行第二次东征。东征军由总指挥蒋介石、政治部主任周恩来率领，向东江地区陈炯明残部发动了进攻。

国民革命军第二次东征吸取了前次东征的经验教训，加强了政治思想工作。所以，在出发前夕，由周恩来指挥的总政治部组织了政治宣传队，在各连配备了党代表。高文华便是在这种形势下参战的，主要工作就是宣传《战时政治宣传大纲》，对军内官兵解释作战的意义和战争的形势，鼓舞士气，奖励战功，维护军纪；对敌军则是要揭露军阀的罪行，比较两种军队的本质区别，激发士兵的民族感、爱国心，优待俘虏，争取让他们弃暗投明；对广大民众则是大力宣传国民政府的政策法令，解释东征的意义，密切军民关系，争取广大群众的援助支持。

按照原先制定的作战计划，东征军进攻的第一个目标就是惠州。

1925年10月8日，蒋介石命令派出有力部队围攻惠州城，主力集结于响水、博罗附近，以备进攻河源、紫金方面的敌人，并且具体制定了攻城计划。10月10日，东征军成功地扫荡了惠州城外之敌后，蒋介石赶到了前线，将所有兵力作了一一布置，又下达了进攻惠州城的战斗要领，对攻城部队的选出、编组攻城的指挥及动作、炮兵的攻击目标、其他部队的配合联络，都做了明确而又详细的规定。

然而，攻城的结果让蒋介石感到十分地意外，东征军损伤十分严重，整个部队战斗士气也就随之低落起来了。

强攻受挫之后，蒋介石主张放弃攻打惠州，转攻海陆丰。周恩来和苏联顾问则认为，在当前的情况下，只有首先攻下惠州，才能给敌人以重大打击，开拓东征胜利的局面。无奈之下，蒋介石只得重新部署，继续攻城。

这时，高文华临危请战，带领战士们担任主攻前沿阵地构筑工事的任务。

高文华被任命为连党代表之后，针对这支军队存在的思想认识问题，做了大量的思想政治工作，使部队的战斗力明显得到提升。"高文华到部队未满三日，即向前线挺进，因此军队中的政治工作只能在行军中、休息中见机进行。在行军中，高文华常常照顾生病士兵，帮他们背包袱。到了宿营地，又替他们解决睡眠的用具，如稻草、门板等。平时与士兵睡在一起。在战斗中，高文华虽然年龄小，但能不顾生死，冲锋在前。在战斗闲暇，高文华与官兵谈心，谈些官兵关心的话题，了解他们的个人困难，并帮助他们解决，同时用更加灵活的方式向他们宣传革命思想，帮助他们树立更高的革命理想信念，坚定他们的革命目标和信心。官兵们从来没有见过这样体贴的好长官，因此，他们对高文华逐渐由讨厌、疏远转为佩服、亲近，并自愿接受政治教育。"（据《高文华传》）经过高文华一个阶段耐心细致的思想政治工作之后，这个连的战斗力得到了明显的提高。

高文华就是在这种情况下，率领全连战士来到了攻城前沿阵地的。

10月14日下午3时许，东征军再次发起了总攻。所有的野炮山炮一起集中火力，猛烈地轰击着惠州城的北门，一举摧毁了敌军城上的工事，扫除了暗藏的侧防火力。炮兵营又专门调来一批山炮，推进到北门城楼外五百米的地方，将敌人暗藏的机枪也打哑了。

就在这枪炮阵阵，硝烟弥漫之时，高文华接到命令，带领全连战士扛着竹梯，一齐冲上前去，将竹梯移至城墙根，攻城的部队便迅速开始了攻城的战斗。高文华带领全连官兵，冒着枪林弹雨架好梯子，让攻城战士攀登。他自己一马当先，冲锋在最前面。经过半个小时的激烈搏斗，攻城部队终于爬上了惠州城头，敌人慌忙纷纷撤退逃跑。"高文华所在连队在此次战役中立了功。"（据《高文华传》）

这次惠州之役的胜利，是第二次东征的关键一战，为整个第二次东征的胜利奠定了基础。也正是这一战，使高文华一举成为东征军中有名的敢打硬仗的黄埔军校学员。

1926年1月17日，黄埔军校举行第3期学生毕业典礼。

这一天，高文华穿着一身整齐的军装，精神抖擞地站立在学校的广场上，和1000多名毕业生一起列队，接受着学校长官的检阅。

此刻，在广州冬季温暖的阳光照耀之下，军乐队奏起了黄埔军校校歌。整个毕业生队伍，便开始分连队一列一列、威武雄壮地走过主席台。

黄埔军校第3期学员于1924年12月开学，录取总人数达1300余人。在今天的毕业典礼上，经过甄别、考试，最后有1225人获得了毕业证书。（另据《蒋介石年谱初稿》记载，第3期毕业生为1224人，而据湖南省档案馆藏《黄埔同学总名册》则为 1233 人）。

接着，就是举行宣誓仪式。蒋介石、汪精卫、宋庆龄、何香凝等人参加了今天的毕业典礼。只见全体毕业生一齐举起了右拳，同时宣起誓来：

"不要钱、不要命、爱国家、爱百姓！本着愿牺牲，肯负责，遵从国家民族意志，服从军令为天职，为完成国家统一而奋斗为最高天职！"

1000 多人一起齐声宣誓，信誓旦旦，声震云霄。

黄埔军校这一期毕业生的最大特点，就是从这期学员的入学开始，军校就设立了入伍生制度，也就是说新生入学首先要接受 3 个月的入伍教育，期满考试及格之后，才能编为正式的学员。所以，这第 3 期的毕业生总体上看，教育质量比以前有了明显的提高。

在这次毕业典礼上，自然是学校长官一一讲话，最后是颁发毕业证书，奏乐鸣炮，一直持续了 2 个多小时才宣告结束。

这天，从黄埔军校毕业了，是参军打仗，是回乡经商，还是进政府机关，对于高文华而言，又是人生的一次重要抉择。当然，高文华的决定自然是随军参加北伐战争。

"1 月 17 日，军校举行了毕业典礼，毕业后第 3 期毕业生被分配到潮州第一师、第三师和第四军等部队见习，还有 69 人没有分配到部队而留校的，则于 1 月 26 日进入政治训练班学习。此时，高文华被分配到第四军。"（据雨花台革命烈士纪念馆资料）

这个时期国内的政治形势产生了巨大变化，旧军阀仍然没有被打垮，正虎视眈眈地随时准备进攻广州的国民政府。因此，在 1926 年 1 月 4 日，时任黄埔军校校长、国民革命军第一军军长的蒋介石，便在国民政府宴请出席大会代表时的致辞中说："我对于今日中国全国的局势，以及本党的前途，都曾仔细观察。常常抱着极大乐观与希望。深信我们中国国民党必能统一中国，而且在本年内就可以统一。在这里，统一的途径便是北伐！"中共中央于 1926 年 2 月在北京召开特别会议，郑重讨论了北伐问题，并作出了北伐的战略部署。会议指出："广东国民政府的北伐，便成了第一等重要的问题。党在现时政治上的主要职责是从各方面准备广东政府的北伐。"1926年6月4日，国民党中央执行委员会临时全体会议通过了迅速出师北伐，任蒋介石为国民革命军总司令案。7月1日，广州国民政府军事委员会颁布了北伐动员会。

就在高文华准备随军出征北伐的时候，他的父亲从家乡无锡寄来了一封长信，要求高文华能够为家庭多作贡献。他的父亲在信中说，他已经托人给高文华在山东的铁路局找到了一份高薪差事，做财务工作，每月收入是60元现大洋。这个工资标准在当时来说确实很高了，而且铁路局又是个铁饭碗。

高文华接到父亲的来信之后，当即就给父亲回了一封信，一口回绝了父亲的好意，表示自己决不怕苦，也不怕死，要为革命奋斗终生。

"我是一个革命者，我怎么会受钱的牵动呢？老实说，山东有600元、6000元一个月的事，我都不做的。你们要我回去可做什么呢？要到山东又怎样？山东也是离家，广东也是离家，有什么两样呢？要我回去，什么方法都是不行的。早已向你们讲过，英雄一去不复返矣！我要做的是使天下穷苦人将来吃饱穿暖的事情！"

此时，他的父亲自然不能理解儿子思想的境界，父亲在回信中还误以为儿子在广州的收入比山东还要高，工作比山东还要体面，甚至误以为儿子在广州当了国民政府的大官。当然，父亲更不会想到儿子的革命要冒砍头坐牢的风险。

就这样，高文华于1926年5月进入高级政治训练班学习，积极为参加北伐做行动准备了。

这期高级政治训练班是在一座两层的西式楼房上办的，小楼位于广州市惠福东路大佛寺内。现在的西廊已被拆毁，东廊改建为大佛寺斋堂。高文华就随大家一起在二楼的会议室里，聆听周恩来等领导的讲课。

"5月22日，国民政府军事委员会政治训练部，在广州市惠福东路大佛寺举办高级政治训练班，集训50多名从第一军及其他部门被排挤出来的共产党员，以培养高级政治干部，满足北伐对政治干部的需要。周恩来担任班主任。学员实行军事编制管理。蒋介石出席开学典礼并讲话。陈延年、邓中夏、苏兆征、彭湃、阮啸仙、恽代英、沈宝同授课。同年7月结业。学员毕业后，分派到国民革命军各军中工作，并参加了北伐战争。"（据中共广州市委党史研究室资料）

高文华作为一名共产党员，深知在当时复杂多变的政治形势下，自己肩头的责任，因此在高级政治训练班的两个多月的学习中，一方面经常参加中共党支部的各种活动，接受党的指示和教育，另一方面在政治培训班的学习中也刻苦认真，各门课程全都优异突出。对此，高级政治训练班的同学经常夸奖他说："别看你长得个头小，可学习比大家全都刻苦认真，难怪每次考试的成绩比我们要好！"

在高级政治培训班学习期间，高文华结识了一位美丽的姑娘。他十分喜欢这位姑娘，而这位姑娘对他也很倾心。可是，因为即将参加北伐打仗，他又不得不离开她，这让高文华处于十分痛苦的心理状态之中。

1926年5月的一天，高文华接到了北伐指挥部的命令，随时听候命令随部队出征。高文华不得不忍痛割爱了，决定在这天晚上和女友告别时把话说清楚，省得人家姑娘在广州苦等，自己参加北伐打仗说不准就会战死沙场，这不是耽误了人家姑娘的青春年华吗？再加上自己是一名秘密的共产党员，随时都可能牺牲，怎能让姑娘跟随自己一起担惊受怕呢？

这天傍晚，高文华一边忙着上级交给自己准备出征的任务，指挥着战士们准备北伐行军时的干粮、沿途宣传的标语传单，忙得连喘息的机会都很少，一边又在焦急地等待着女友晚上能够按时赶来。否则，他随部队开拔了，就再也看不见女友了，他要对姑娘说的那些话也没有机会表达了。 今天下午，自己随北伐军的先头部队出发的命令已经下达了，军令如山，不得不走。 一直等到晚上六点多钟，还不见女友的到来，这让他心急如焚。

高文华不由地想起了自己上次和女友的分别，就是几天前在培训班的大门口。

那天晚上，高文华刚刚从培训班下课回来，姑娘就让传达员叫他，而这一天高文华本来打算将自己的想法告诉姑娘的，可是刚想要开口就听到紧急集合的哨声，结果只得匆匆和姑娘打了个招呼，就奔回队伍列队去了，连个告别的话都没有说。 今晚的最后见面，他还是托人捎信给姑娘的。

这时，高文华早早地来到他们约会的地方，只是姑娘还没有到来，他便扒在河边的栏杆旁，望着天空中的一轮残月，心头不免产生一股忧伤。 良久，当他听到一阵轻盈的脚步声由远及近，便知道是女友来了，迅速地转过身去对她说：

"哎呀呀！ 我还以为你不来的呢，急死我了！"

这个时候，高文华知道这次见面，就是自己和姑娘的最后一次聚会，心里便产生一种对不起姑娘的愧疚之情来，可姑娘一点儿也不知道他的心思，还是兴高采烈地来了，像是一只快乐的小鸟，而且又拿出了一件她刚刚一针一线织好的毛线背心来，递给他让他穿好，又说她怕他身子弱，怕他着凉。 顿时，他的眼睛里充满了泪水。

高文华沉默了半天，最后还是将自己的心思告诉了姑娘，姑娘立马痛哭起来了。

"对不起，是我伤了你的心，你哭泣的样子我不敢看，我知道你不是一个拿得起就放得下的人。 我知道也许你会认为我参加北伐是个借口，我不想反驳，因为，我欠你的太多了。 认识你像是很久，虽然仅仅只有两个月。 但我知道我们的心碰到一起，快乐的又是痛苦的。 然而，我就要出发了，从此我们就分隔在了两个世界，两个截然不同的世界。 明天一早，我就走了，像这个夜晚的寒冷一样，把你的心痛也一起带走了……"

姑娘听他这么一说，哭得也就更加地厉害了。

这时，高文华含着眼泪又对姑娘说："军阀混战，外敌入侵，国无宁日，民生凋敝，国家民族危在旦夕。广大百姓生活得非常苦，面对方方面面的威胁和压力，苛捐杂税，天灾人祸，绵延不绝。对外，中国在国际上的地位非常低下，屡受欺凌。对内，军阀还以种种手段谋取私利，他们的军队纪律败坏，鱼肉百姓。在军阀的蹂躏之下，中国大地处处显出破败景象，百姓生活艰难，乞丐流民到处可见，看了令人万分心酸。面对军阀的割据，战火不断，面对百姓处在水深火热之中，我作为军人只有奋起抗争呀！"

最后，高文华泪眼模糊地望着姑娘边哭边跑，很快就消失在了小河边树林的尽头。

高文华和女友的这次生死别离，成为他坎坷人生的一次悲情表达。从此，他总是想着姑娘会常常独自坐在小河边，悠悠地唱着思念的情歌。

这天，高文华随部队出征之后，再也没有见过自己心爱的姑娘。

在北伐战争中，他任北伐军工兵营指挥员，参加东征军阀陈炯明等的多次战斗，攻武昌、下南昌、打浙西；在"四一二"反革命政变后，回到家乡无锡开展共青团工作，组织农民暴动；在他的身份暴露后还坚持为党工作，安置暴露的党团员，发展农会组织，宣传土地革命；一直到被捕入狱后，他又把文艺作为一种武器，用这种特殊的枪炮子弹继续战斗，先后完成了多首诗歌，表达自己忧国忧民的情怀，无情揭露国民党监狱的黑暗内幕，愤怒揭露监狱当局对狱犯惨无人道的迫害，鼓舞广大难友团结斗争。高文华就是这样坚持着为人类真理而奋斗一生，用他的23个春秋，生命不息，战斗不止。

所有这些艰苦卓绝，都使他感到这次在北伐之前，和自己心爱的姑娘分手，是一次十分正确的选择。

关于高文华恋爱婚姻问题，记载的历史资料不多。据《高文华传》言：高文华的父亲来信，希望高文华考虑一下个人的婚姻问题。"至于婚姻问题，高文华觉得不是考虑这问题的时候。有一位姑娘对他很好，亲手织了毛线背心送他，高文华对她也有好感，但他克制儿女之情，全力投身革命。"其他并无文字记载，就连他心爱的姑娘的姓名也无从查证。

第二天清晨，高文华在部队出发的时候，想从欢送的群众队伍里，看到姑娘的身影，可是他反反复复地寻找，也没能看到。

高文华一面经历着北代征途遇到的无数血与火的战斗考验，一面又经受着失去爱情的撕心裂肺的伤痛。他便是这样，为了革命事业，牺牲了自己的感情，最后又牺牲了自己的青春，甚至生命。

高文华用他的行动无声无息地表达了匈牙利诗人裴多菲的那首名诗：

爱情诚可贵，
生命价更高。
若为自由故，
二者皆可抛！

参加北伐战役的第一场攻坚战汀泗桥战斗打得异常激烈，这让高文华根本没有时间去想失恋的痛苦和家信中说的经济困难。

那是1926年8月26日的上午，北伐军的先遣部队将敌人团团包围在汀泗桥镇。一时间炮声震天，炮弹、机枪步枪的子弹一起打了过去，小镇四周的杂草树木全都被点燃了，整个战场变得火光冲天，硝烟弥漫，烟雾缭绕。这时，从镇边升起一轮鲜红的太阳，光芒四射地照耀在这片惨不忍睹的战场四处。被炮弹炸得坑坑洼洼、烧得一片焦黑的小镇里外，横七竖八地躺着一大片敌我双方战死的官兵尸体。

高文华被眼前战友的牺牲激怒起来了，从战壕里一跃而起，对着身边的战士，高声喊道："为牺牲的战友报仇呀，冲呀！"他边喊边朝着敌人勇敢地冲了过去。

第一次北伐战争开始于1926年7月，可在5月间高文华的部队作为北伐先遣队就已提前出发了。

"北伐军先遣部队于1926年5月20日奉命进入湖南，拉开了北伐战争的序幕。为了打开通往武汉的道路，肃清湖北境内的军阀，国民革命军分几路军向武汉进逼，其中高文华的工兵团所在的国民革命军第四军，便从湖南进入湖北后，从蒲圻的中伙铺、官塘驿一带一直追敌至咸宁汀泗桥与敌人展开了激战，史称汀泗桥战役。"（据雨花台革命烈士资料）

这座汀泗桥镇是一个小镇，位于当时的粤汉铁路线的交通要道，既是咸宁的南大门，也是通往武汉的必经之路，小镇的东面有一片比较陡峭的山岗，其中最高的一座叫塔脑山，敌军的阵地就设在这片山岗的上面。敌军阵地地形险要，易守难攻，堪称天险。另外，汀泗河蜿蜒曲折自西南向北斜穿汀泗桥镇而来，然后沿着山岗的西脚流过。这时恰逢夏季大水，全镇的三面都被洪水所包围，镇里的街道部分路面也被洪水淹没了，这就为敌军阵地西面筑起了一道天然的屏障。为阻止北伐军向北挺进，敌人在汀泗桥一带集中了两万兵力。因此，攻打汀泗桥镇的任务就显得异常艰难了。

也就是在这种艰难困苦的情况下，高文华突然收到了父亲从无锡寄来的信。信中说家中生活拮据，度日如年。高文华知道，父亲体弱多病，几个妹妹年龄尚小，又要上学读书，而弟弟又患有疾病，生活不能自理。全家人就依靠母亲一个人支撑。高文华读完父亲的来信，自然是十分地悲伤，而自己正在战场上，根本就没有可能为家庭解决这些困难，一种愧疚之情也就占据了他的心房。他从战斗空隙抽出时间，给父亲回信道：

"在军阀帝国主义的统治之下的中国，人民群众很难能够谋到好的生活。况且父亲体弱多病，家中人口众多，又要读书，又要治病，家中拮据也是意料之中的事情。因此，在这种艰难困苦的情况下，我们应该觉悟起来，要获得富足的生活，非先打倒帝国主义和军阀不可。故儿子在外，虽不能直接帮助无锡受苦受难的人民，而能间接地在救济；虽不能直接寄钱到家中，但可以救我已受压迫而感觉痛苦之父母及弟妹们也！"

这个时候，高文华担任北伐军第四军工兵团的营指导员，每个月的薪水只有80元小洋，除去伙食费、生活费之外，仅剩下60元，然后还要交纳印花税12元。高文华从两个月的薪水中拿出了100元，寄给了家中。

他在信中最后写道："现日处于枪林弹雨之中，终日只想战斗之进退，并未顾及家中。"此时此刻，高文华只能将家庭的困难深埋于心底，全身心地投入到战斗中去。

26日上午10时许，北伐军的尖兵连抵达敌军前哨阵地高猪山，双方交火，汀泗桥战役正式打响。北伐军在形成对敌人阵地包围之后开始发动攻击了，炮兵也开始向正面的敌军进行攻击。然而，激战了一整天，北伐军无所进展，一时两军形成胶着状态。当时敌人的增援部队不日可到，北伐军虽然士气旺盛，但装备不良，又不善于打防御战。因此，如果敌人援军一到，北伐军势必陷入被动，战斗只能速战速决。

北伐军开始研究速战速决的对策。当晚，北伐军决定，全线夜袭，突破敌人高地。独立团团长叶挺带领部队绕道抄攻敌军的背后，使敌军腹背受击。

马上新的一轮攻势就要开始了，高文华在战前参加作战动员大会时，听到了叶挺团长这样说道："我们是百姓的武装，是北伐的先遣部队。我们不但代表了广东革命军，而且代表了中国共产党。这是我们打的第一仗，因此，我们一定要打胜！"高文华作为营指导员，听了叶挺的这个宣传口号，心里树立起必胜的信心，然后下到了自己的部队，也进行一次战前动员，给大家增加战斗的力量。

夜12时，北伐军乘着黑暗逼近了敌人的阵地，敌人的枪炮声不断，而北伐军却一枪不发，悄悄地接近敌人的阵地，然后用刺刀冲破敌军中部阵地，一举占领了敌军阵地数处，从而为总攻夺得了有利的据点。

总攻于27日清晨开始，北伐军全线发起进攻，高文华所在的工兵团也一起加入了战斗。这时敌军几次组织反攻，企图夺回失地，终因北伐军奋勇还击，全都未能得逞。就这样，经过两个多小时的激战，塔脑山、石鼓岭相继被北伐军占领了，敌军阵线全面破裂，开始向咸宁城关方向撤退，许多敌军在逃跑途中被缴了械。

"在汀泗桥战役中，北伐军共俘虏敌军官157人，士兵2296人，缴获了大量的武器。整个汀泗桥战役，自26日上午10时半，35团在高猪山与敌军接火，到27日上午9时，汀泗桥东南高地战斗胜利结束，前后仅用了22个半小时。"（据《汀泗桥战役始末及真相》）

高文华在这次战役中，突出地表现出了一名共产党员公而忘私的献身精神。

所向披靡，势不可当。高文华随北伐军第四军连克数城，于1926年9月2日打到了武昌城下。然而，就在北伐军连连取胜，攻无不克的时候，在武昌却遇到了硬茬，连攻几日也没能攻下。

北伐军在9月2日黄昏就开始行动，第一军第二师向忠孝门进攻，第四军第十师向通湘门进攻，第七军第二师向中和门进攻，第四军第十二师作为预备队。3日凌晨3时，第二师炮兵向武昌城发起轰击，步兵也向各自攻击目标推进。可部队到黎明时分还未能接近城垣，各部队又伤亡很大，只得在早晨6时，全线停止了进攻。到了5日凌晨，北伐军再次发起了攻城战斗，中翼炮兵向忠孝门、武胜门及蛇山一带猛烈炮击，右翼炮兵也向武昌东面城墙发起炮击，左翼炮兵则向武昌城南部开始炮击。第四军第十二师第三十六团趁着炮火，从刘湾西端涉过了护城河，冒着敌人猛烈的火力，架起云梯开始登城，然后与敌人展开了肉搏。无数战士战死了，尸体从城墙上坠落下来，城墙根到处都是战士们的鲜血。此刻的战况极为惨烈,北伐军一个团死伤高达三分之二,也未能完成攻城任务。敢死队的官兵十几人全部阵亡了,第二支敢死队又继续增援。虽然前仆后继地冲锋陷阵,终因守军火力猛烈,最终还是无法登城。9月21日,北伐军第四军再次发动攻城战斗,最后还是以攻城失败告终。

高文华看着自己的战友一批又一批地倒在了战场上,心如刀绞,义愤填膺。

这些日子,他随部队一路北伐,势如破竹。8月27日,北伐军马不停蹄,连续作战,高文华也随自己的部队,一起攻克咸宁。北伐军到达咸宁南岸时为洪水阻拦,只有一条铁路桥可以通过,战斗形势十分险恶。但第四军中共产党员人数较多,他们看到这里敌人人数虽多,但非常地混乱,最后决定由共产党员组成攻击队,由几百个人组成,在前面勇往直前,前仆后继地和敌人拼搏,最终将守桥的敌人打垮了,又将守城之敌击溃,占领了全城。

8月30日,高文华又随第四军全体将士,向贺胜桥发起了进攻。为了挽救直系军阀败亡的厄运,吴佩孚调重兵退守另一军事要隘贺胜桥,吴佩孚亲自率军主力赶赴贺胜桥迎战。这天拂晓,北伐军在杨林塘猛攻突入敌人主阵地,向桃林铺攻击前进,战斗十分激烈,双方展开了肉搏战,很快突破了敌方防线,向纵深推进。北伐军另一支部队攻占王本立后,迅即向贺胜桥东侧的南桥攻击。敌人侧背受敌,全线动摇,吴佩孚乘专列仓皇逃往武昌,手下军队纷纷溃退。

自汀泗桥之战后,北伐军乘胜追击,一举占领咸宁。第四军、第七军攻占贺胜桥,直接挥师武汉。高文华跟随所在部队,冒着枪林弹雨,英勇作战。他在给家人的信中说:"我往武昌郊外近一月,武昌不日约可攻下。"(据《高文华家书》)

然而,打到了武昌城,却死伤了那么多的官兵,武昌城久攻不下。这让高文华的眉头紧锁,思考着如何才能既减少我军伤亡,又有效地攻下武昌城。

作为工兵团的营指导员，高文华带着几个战士，来到武昌城近处观察。武昌全城便展示在他的眼前。

武昌城墙始筑于明代，全长约10公里。武昌城西临长江，有汉阳、平湖、文昌三门，北有武胜门。东为通湘、宾阳、忠孝三门，南有望山、保安、中和三门。北、南、东三面城外皆有护城河，河深二丈，宽二丈八尺。

高文华回到部队，立即向上级请战。

他对团长说："武昌城高数丈，墙厚数尺，内设机枪大炮，粮草弹药充足，外有护城河又能阻挡我军的进攻，武昌城确实是易守难攻。这导致我军几次攻城，全都损失惨重。因此，我建议采取挖坑道的办法，由我们工兵团将坑道挖至城墙根，然后再用云梯爬上城墙。这样可以减少我军在城外这片开阔地的伤亡。"

当天晚上，高文华便和工兵团一起挖起了坑道，慢慢延伸的坑道，一步一步地接近敌人的城墙。

这时，敌人发现坑道离他们越来越近了，不由地十分恐慌，便用更加凶猛的火力，企图控制住北伐军挖坑道的进度。

高文华看着战士们在挖坑道时，一个又一个地倒下了去，脑子一转，又来了一个新招。他让人找来一张桌子，然后把棉被泼上了水，绑在桌子上面作为"挡弹墙"，再让战士们在"挡弹墙"的后面挖坑道。

敌人看到用机枪无法阻止北伐军挖坑道了，便调来大炮进行攻击。因而，攻城部队与守军又展开了以挖坑道与破坏坑道为焦点的战斗。敌人的炮火不断轰击着正在挖掘坑道的高文华所在的工兵团。当工兵团终于挖至城下，完成两条坑道装填炸药任务时，为防止坑道再度被敌人破坏，指挥部决定提前发起总攻。这就是《北伐武汉战役》上记载的"工兵从宾阳门、武胜门挖坑道到城根，准备炸城"的历史事件了。

两处城门被北伐军炸开，总攻开始了，北伐军像潮水似的涌进了武昌城。

10月10日，敌守军第三师李俊卿师长率部投降，并且打开了保安门,迎接北伐军第四军入城。 接着,武昌城守军便全部缴械投降。 至此,围攻了40余天的武昌城终于被北伐军全部占领。"10月10日,高文华所在的第四军连同第八军发动对武昌的总攻,占领武昌城,基本消灭了吴佩孚的军队。"(据《高文华传》)

北伐军部队浩浩荡荡开进了武昌城,庆祝胜利的锣鼓鞭炮响彻云霄,胜利的喜悦洋溢在每个战士的脸上,高文华被战士们抬起来抛向空中,落下来又被抛向了天空。

武昌一战,挖坑道、炸城门,使高文华一下子变成了北伐军人人皆知的大英雄。

高文华是怀着必胜的信心,跟着北伐军一路朝北打过来的。 他想一直打到江苏无锡,去解救家乡的父老乡亲。 也就在这个时候,由蒋介石指挥进攻南昌的战斗受阻,他下令将第四军的部分部队调到了南昌一线作战,高文华也被调过来了。 因为在前几次战斗中立了大功,高文华这时被提拔起来了,这更是增强了他胜利的信心。

1926年9月3日,北伐军调集约5万余的兵力,以朱培德为总指挥,兵分三路向江西发起了进攻。 9月6日江西战役打响了,当日就攻占了赣州,第二天攻占了萍乡,10日再克宜春,13日攻克铜鼓,16日占领新余,17日攻克修水,18日再占高安,19日又取清江,然后三路大军直逼南昌而来。

然而,在节节胜利的大好形势下,蒋介石被一连串的胜利冲昏了头脑,居然改变原先制定的作战方案,提出"一星期攻下南昌,十日内到达九江,与鄂省联成一片,再会师中州",这样一来,盲目乐观的情绪便在北伐军中迅速滋长起来了。

于是,有两支北伐军部队改变原来夺取德安、截断南浔的作战计划,也不等北伐军的大部队赶到,就贪功冒进,分两路猛进南昌,这就变成了孤军深入,而其他北伐军各部都远在百里之外,一旦战况有变根本无法及时赶来支援。

孙传芳起先听到南昌失守的消息大吃了一惊，后来他看了前线发回来的电报，站在地图前面默默想了几分钟之后，忽然又放声大笑起来说："吾重挫南方军就在此一战！"孙传芳立刻调兵遣将，限令在18小时之内夺回南昌，违则军法处之。因而，北伐军的两个师共1万余人，也就被敌人团团围困在南昌城内，成了瓮中之鳖。

这时轮到蒋介石慌手慌脚了。

9月22日，孙传芳命令各部向南昌北伐军发起了总攻，守卫南昌的北伐军与之激战一天一夜，终因寡不敌众，溃不成军，一直到23日夜，不得不放弃南昌，全军向西南方向突围，损失极为惨重。这样一来，孙传芳又收复了南昌城，然后命令各部继续追击北伐军。

10月11日，北伐军发起第二次攻打南昌的作战，但由于敌人的猛烈反攻，进攻南昌的战斗再次失利，北伐军再次被迫撤围了南昌。

也就是在总结两次进攻南昌失利的基础上，北伐军总司令部，迅速调整兵力，修订作战计划，发起了第三次南昌会战，高文华的部队才被调过来参战的。这也使高文华在临战之前，被提升任命为工兵团的党代表。

"10月中旬，高文华的第四军部分兵力被调到了南昌战场，高文华也被调来了。加上已经进入江西的第七军，北伐军的势力大大增加。此时，高文华被蒋介石任命为总司令部工兵团的党代表，陆军上校军衔，薪水130大洋。"（据《高文华传》）关于高文华提拔的时间，据《高文华革命事迹及精神研究》记载："1926年7月，国民革命军正式出师北伐。高文华任总司令部下属工兵团的营指导员，随第四军等部行动，年底奉命去南昌，任总司令部工兵团党代表。"这里明确记载了高文华被提升为团党代表的时间是1926年的年底。可见，高文华只有18岁，就被授予上校军衔。

这个时候，高文华一心想着部队能够很快地打到家乡，将正处在水深火热之中的穷苦百姓解救出来，更希望他们能够过上好日子。尽管这时他的薪水不高，寄给家中的钱物也很有限，但他坚信可以通过自己所参加的革命征战，使自己的家人，使家乡的人民，能够得到自由和解放。因此，他在一封家信中这样写道："今年或能随军队回籍，以武装见我乡父老，以自由赠我乡兄妹时，则光荣而幸福矣。"

根据雨花台革命烈士纪念馆提供的资料，现在保存的高文华烈士遗物中，有一只白色蓝口独把的搪瓷杯，这只杯子就是高文华参加北伐战斗时使用过的。杯子早已是千疮百孔，陈旧不堪，颜色也变得暗黄，手把也被碰掉了搪瓷，只剩下黑乎乎的手柄，一看便知道是经过无数次战斗的洗礼。高文华就是一路带着这只杯子，行军打仗，一路从南打到北，从广州打到武昌，从南昌打到浙江。特别是在他担任工兵连指导员时，连长在攻城时牺牲倒下之前，高文华还用这只杯子，一手扶着连长，一手端起这只杯子，给奄奄一息的连长喂水。他就是端着这只杯子，眼睁睁地看着自己的战友，死在自己的怀里。

在提拔为上校之后，高文华便带领工兵团，参加了攻打南昌的战斗。

在攻取南昌之后，北伐军又集中兵力向南浔一带发动猛烈进攻，最终消灭了孙传芳的主力，从而彻底扭转了江西的战局。

这时，北伐军乘胜追击，又制定了夺取浙沪、会师南京的作战计划。高文华便率领工兵团，随东路军由江西向浙江、上海一路打过来。北伐军首先开辟浙江战场，由于浙江军阀先后起义，到了1927年2月的中旬，北伐军便进入了杭州，下旬又平定了浙江全省。与此同时，北伐军右路军，也相继攻克苏皖沪，占领安庆、南京等地。至此，长江以南地区完全被北伐军占领。

高文华就是这样一路跟随部队在沪宁一线作战，他离家乡也就越来越近了，他对北伐成功的信心自然也就越来越坚定。

这个时候，革命即将成功的喜悦之情，笼罩在高文华的心头。可他在胜利喜悦之余，总是想着两件事情，一是想起了这一路打过来，牺牲在自己面前的无数战友；第二是想起了在广州分别的那位可爱的姑娘，一种愧疚之情油然而生。

第五章
矢志不渝

　　1926年底,高文华没有能如愿以偿地随着北伐军打回老家去,也没能去解放无锡的父老乡亲,自然也就无法回乡见他的家人了,他自己反而经历了一场人生劫难。这时的革命大好形势,因为蒋介石紧锣密鼓的"清党"夺权而急转直下。

　　对于蒋介石的反革命叛变,高文华早就有所察觉。他知道蒋介石对共产党的排斥,早在1926年3月发生的"中山舰事件",就已经悄然开始了。

　　"中山舰事件"也叫"三二〇"事件,是发生在1926年3月20日的一起有预谋的"清党"行动。 蒋介石调动军队宣布戒严,断绝广州内外的交通;逮捕中山舰长、共产党员李之龙,扣留中山舰及其他舰只;包围省港罢工委员会,收缴工人卫队的枪械;包围广州东山的苏联顾问所在地,驱逐了黄埔军校、国民革命军中以周恩来为首的共产党员。

中山舰事件的实质是蒋介石破坏国共合作,夺取革命领导权,蓄意打击和排斥共产党的一起政治事件。 对于这次事件有两种说法,有人认为是蒋介石故意将中山舰调动又矢口否认,以制造借口打击共产党;另外有人则认为这是和"西山会议"派关系密切的"孙文主义学会"成员欧阳格等人,故意向李之龙假传蒋中正的指令,离间国共两党的关系。

这时,蒋介石和孙文主义学会分子放出了谣言,称"共产党要暴动""李之龙要造反""共产党要倒蒋,推翻国民政府,建立工农政府"。 接着,蒋介石便开始大举逮捕共产党人。

蒋介石等人制造"中山舰事件",目的是夺取在粤海军实力。 不久之后,蒋介石清除了国民革命军第一军中的共产党员,完全掌握了第一军的军权。 这完全背叛了孙中山先生制定的"联俄、联共、扶助农工"三大政策,是国民党右派分裂国共合作、企图夺权的一个重要信号。

对于蒋介石排挤打击共产党,高文华早就有所察觉,在给妹妹的一封信中,写得已经十分明确了。 他在信中明确地写出了蒋介石加紧反共,篡夺胜利果实,改变了原来的革命性质。 当时,他妹妹想到广州来上学,认为广东是革命的圣地。 高文华立即给妹妹回了一封长信,说服妹妹放弃这个想法。 他在信中对妹妹说明了广州已经不再是原来革命的广州,而是变成了不革命甚至反革命的广州了:

"你以为到广东进学校,可以求到高深的学问,将来做妇女的官,发财,有好的名誉,你何曾想过革命两个字? 你以为你哥哥会赞成你来,你哥哥本人也跑到广东做了大官。 咳! 如果你真的有这个思想,那么你真是大错而特错了。 不错，广东多少也是革命的潮流来冲动着的，多少也带上了革命的意义和向社会上做工作的开始的。 可是，这是表面的现象！ 哥哥曾经把全国的政治革命状况观察过，很知道广东已经不很革命了，尤其在广东开办的学校是反动的。 你来了，你会学着革命吗？ 不错，做官在你们看来是多么有趣而光荣的事情，做官可以把家里弄得很舒服，把个人弄得很好看。 可是，你们可知道，官固然是好，可也坏呀！ 你们要改造社会，可是社会却把你们改造了，你们要光荣而且好看，可是事实都会使你倒台而且丑观。 妹妹！ 你错了，你该想一想呀！ 我们人为什么要生在人世间呢？ 大自然也为什么要我们生活着呢？ 我们怎样可以除了这些痛苦呢？ 我们的痛苦是否一个人可以除得了呢？ 想呀！ 要用十分的脑筋为这些问题去想。 妹妹！ 你有眼睛吗？ 你应该看见现在的中国的局势是怎样了，应该处在什么地位，自己对社会的局面应该取怎样的态度，对现在的局面应如何应付，都是很急要的，每个人都应该知道的！"

我们从这里可以看到，高文华已经开始考虑应对即将发生的政治局势的变化了，而且这对于他来说已经是一件"很急要的"事情了。

事实正是如此，蒋介石一直在加紧"清党"夺权。 1926年5月，中国国民党二届二中全会通过蒋介石、谭延闿等九人，联名提出的排斥共产党的《整理党务决议案》，目的就是把共产党人排挤出中国国民党中央领导机关，打击中国国民党左派，夺取中国国民党最高领导权。《整理党务决议案》的主要内容是：限制共产党员在中国国民党高级党部任执行委员的人数，不得超过各该党部全体执行委员的三分之一；共产党员不能担任中国国民党中央各部部长；加入中国国民党的共产党员名单须全部交出，等等。 随后，蒋介石就担任了国民党中央组织部部长兼军人部部长，接着又担任了中国国民党中央常务委员会主席和国民革命军总司令。 至此，蒋介石一手控制了中国国民党的党政军大权。

面对险峻的革命形势，在高文华写给妹妹的另一封信中，可以看出他对共产党信仰的坚定不移，对革命斗争的理解十分深刻。

1926年10月5日，高文华又给妹妹写了一封信："妹妹：你的来信我接到了，写得很好。你说你校的同学不喜欢看书，这实在是不对的。我们做人不能只管叫自己做一个好人，还要叫个个人变做好人。你若明白解放妇女的意思，你要知道不明白的人要我们明白的人来解放他，就是提醒他。况且我们妇女受压迫绝不是一个人的事，是很多人的事。一个人觉悟了是没有用的，一个人有什么力量来解放自己呢？因此，一定要团结起来组成团体，于是便发生力量了，我们便可借这力量来推翻一切恶势力，解放自己。这种推倒恶势力的方法，唯一只有宣传革命。望我妹努力为之。"（据《雨花英烈家书》）

这封信，体现了高文华对于党组织的高度重视。他认为只有组织起来，团结起来，才能推翻压在中国人民头上的三座大山。他的这一观点，就是组织工农，进行革命。这一点恰恰就是蒋介石最害怕的事情，因而他急于要对共产党下毒手，只是当时还没有完全掌控全局罢了。

蒋介石在北伐军打到长江升任国民革命军总司令时，就暴露出了他背叛革命的真实面目了。从要求定都南昌开始，蒋介石已经在谋划着叛变革命了。为了实现他的政治野心，蒋介石懂得单脚踩一条船是不够的，要想成功地篡夺到胜利果实，还必须获得多方面的支持。所以，蒋介石一方面对内积极地争取大资产阶级的支持，另一方面对外试图勾结到帝国主义力量。1927年初，买办阶级、北洋军阀官僚政客聚集南昌，提出所谓的"政治南伐"，企图分化革命战线，蒋介石趁机对其收买拉拢。同时，蒋介石又派出亲信戴季陶，化装成日本人前往日本，要求日本帝国主义的支持。蒋介石从南昌到安庆，从安庆到上海，终于完成了他对帝国主义和国内各军阀势力的结合，这时他觉得半壁江山已经归他所有，进行政变的时机已经成熟了。

中国共产党正处在被蒋介石集团全面"清党"，进行血腥大屠杀的前夜。此刻，高文华深知揭露蒋介石狰狞面目的必要性。

揭露蒋介石反革命阴谋，需要勇气，需要胆识，更需要随时准备牺牲自己一切的献身精神。高文华便是带着这种不怕坐牢、不怕杀头的思想准备，和蒋介石公开作斗争，这也给他以后的人生带来了一系列的劫难。

事实上，敢于和蒋介石对着干的人，都会受到残酷无情的打击。在"中山舰事件"发生之后，蒋介石撤销了海军局，控制了广东海军，排挤了共产党。但因其羽翼未丰，北伐战争还未开始，最大的敌人仍然是北洋军阀政府。蒋介石深知还不是与共产党彻底决裂的时候，所以他宣称这只是一个误会，随后就释放了李之龙，处分了肇事分子，草草了结了"中山舰事件"。李之龙出狱之后，便发表了《"三二〇"反革命政变的真相》一文，公开揭露蒋介石的反动嘴脸。李之龙的结果自然很惨，以"策动海军叛乱"罪被杀害。他牺牲的时候刚刚结婚，年龄也只有30岁。

凡是揭露蒋介石反革命本质的人，全都不会逃脱蒋介石的魔掌。1926年，郭沫若参加北伐，担任国民革命军总政治部副主任，授中将军衔。1926年北伐军攻占南昌之后，郭沫若到南昌任总政治部驻赣办事处主任。这是他第一次到南昌。这时，蒋介石对共产党人已开始进行血腥屠杀了。郭沫若在1927年3月30日，第二次来到南昌的目的就是揭露蒋介石的阴谋，他写下了《请看今日之蒋介石》一文，明确地指出蒋介石"已经不是我们国民革命军的总司令"，而是"流氓地痞、土豪劣绅、贪官污吏、卖国军阀，所有一切反动派反革命势力的中心力量了"。他以自己的亲身经历，揭穿蒋介石的假面具，呼吁全国人民一起反对蒋介石，"要打倒他，消灭他，宣布他的死罪！"这使恼羞成怒的蒋介石下令缉拿郭沫若，声称："郭沫若趋附共产党，甘心背叛，请开去党籍，通电严拿归案惩办！"郭沫若随即被开除了国民党党籍，成了一名在逃的"政治犯"。

对于这些共产党人揭露蒋介石罪恶行经的残酷后果，高文华自然十分清楚，他在思想上也早已做好了牺牲自己生命的准备。据《高文华传》记载:"蒋介石日渐露出反革命的狰狞面目。面对革命形势的骤变,高文华联络同志和黄埔军校的同学,毫不留情地揭露蒋介石的叛变行为,在军队积极进行反对蒋介石的宣传,秘密地在红色群众中揭露蒋介石的反动本质。"

高文华也是通过写文章,揭露讨伐蒋介石的背叛革命的。他写这些文章的时候,也是在"四一二"反革命政变的前后。他以高度的使命感和敏锐的洞察力,一针见血地揭开了蒋介石披着革命的外衣干下的反革命的勾当。据《雨花英烈家书》收录的高文华家书,他是这样揭露蒋介石反动本质的:

"在现在我们很知道外国洋鬼子又向我们受穷苦的人民更进一步进攻了,他们要利用新的压迫人民的工具军阀——蒋介石——来向革命的战线进攻着,这种方法是巧妙而且厉害,可是有眼睛的人都看到,都知道不为我们的利益的我们没有拥护他的必要,违反我们人民利益的,我们都要打倒他,就他表面说的多少好,可是在实际都一点都没有用,虽然在骗我们,可站在自己利益观点的人民怎会被骗呢?因此一切压迫人民利益而得存在的,是暂时而且不稳固的,是勾结了外国洋鬼子而得暂时存在的,一旦外人势力一倒,或者外人不信仰他时,就我们不起革命,他自己也会倒下去的。"

在这里,高文华从阶级利益的高度,深刻地分析了蒋介石已经联合帝国主义,成为压迫人民的新军阀,一举击中了蒋介石的要害命门。

北伐战争取得胜利之后,革命阵营内部的蒋介石、汪精卫等国民党右派,很快就叛变革命。中国的旧军阀是被打垮了,可又出现了以蒋介石为首的新军阀,新军阀是帝国主义和大地主、大资产阶级利益的代表者。因此,中国人民反帝反封建的任务远远没有完成,半殖民地半封建的社会性质也没有发生改变。对此,高文华联系当时中国社会和革命的现状,从蒋介石口头上高喊三民主义,其实质早已背叛了三民主义,来揭露蒋介石的反革命真面目。

"第一，中国现在发生混乱，发生内战，这混乱的原因，内战的原因是什么呢？是侵略我们中国的外国人指使的，他们为了要使中国成为他们的食料，因此他们就养些走狗——军阀——在国内来繁殖他自己的势力。这些势力发展的不平均时，也因为各国的势力冲突时，因此各国在中国国内圈养的军阀也各自为了他自己的主人而斗争起来，把中国就愈闹愈糟、愈穷、愈弱，外国人便愈容易入侵。中国人便愈苦。因此，要解决这痛苦，便要打倒这般帝国主义者，打倒帝国主义，便是民族主义。第二，中国政治腐败，已过极点，选举制度之不良，代议制之流俾，贪官污吏之多，军人之干涉政治，军阀之残害人民，都是因为没有良好的政治组织的原因。因此，选举制度要行直接普通选举权，就是随便是什么人，除反革命外，都可以选举，因有贪官污吏，故有罢官权。因代议制之不良，故行创制权、后决权，这便是民权主义，就是人民有了选举、罢官、创制、复决这几项权利，就一切政治上的不良都可以改革了。第三，现在的中国之贫穷，和失业者日益增多，人民生计日渐穷困，对于此种之解决，就是民生主义，民生主义主张平均地权，节制资本，绝不是像普通人所谓的平分地权，限制资本，他是用和缓的方法，使个个人有差不多的生活，不使一个人的生活很好，而一个人太不好，不使一个人在吃大菜，一个人没有饭吃。我知道真正的三民主义是如此的。"

高文华在简明扼要地说明什么是真正的三民主义之后，便一针见血地揭露蒋介石的假三民主义了：

"现在他们是否实行三民主义呢？他们非但没有实行，他们非但没有准备实行，而且要把实行三民主义的国民党员拘禁起来，要把准备实现三民主义的人民用枪炮屠杀，他们要准备实行帝国主义了，他们的三民主义可改为民弱、民贫、民死，他们不是在救国而是在卖国了。现在的三民主义已不是真正的三民主义，现在的三民主义已成为民弱、民贫、民死的三民主义了。"

高文华的语言泼辣酣畅，一语中的，切中了蒋介石的要害。

当然，高文华知道自己揭露蒋介石的反革命实质之后，所面临的坐牢杀头的危险。可是，他为了坚守真理，仍然将这篇文章公开发表出去。

在这篇文章中，高文华以十分愤怒的心情，详细地揭露了蒋介石打击共产党人、联合帝国主义的阴谋，撕下了蒋介石的各种虚伪，将蒋介石的反革命本质暴露在全国人民大众的面前。更为重要的是将孙中山先生的三民主义，和蒋介石的三民主义进行对比，从而使广大人民看清蒋介石的真面目，在人民群众中产生了巨大的影响。

1927年初的一天，北伐军正按计划从南昌出发，一路向浙江而来。天气仍然十分地寒冷，部队在紧张艰苦的条件下急行军，许多战士都生病了。高文华作为工兵团的党代表，一边组织政工干部鼓舞士气，一边让随军医生为生病的战士医治。

就在高文华忙得精疲力竭的时候，第一军副党代表缪斌命通信兵传令，让高文华去第一军军部一趟，说有重要事情需要面谈。高文华接到命令不敢耽搁，骑上一匹战马便跟着传令兵向第一军军部而去。

这个缪斌是高文华的无锡同乡，又是黄埔军校的校友。高文华一路上捉摸着缪斌找自己谈什么重要的事情。虽然缪斌和自己是同乡同学，可高文华和缪斌的关系一直不怎么样。

这个缪斌比高文华大几岁，出生在一个道士之家，当地人都喊他"小道士"。这个"小道士"确实精明能干，又善于投机钻营，只有24岁就当上了第一军的副党代表，成为北伐军里最年轻的将官。他从南洋公学毕业之后，就考进了黄埔军校。后来发迹很快，在黄埔军校他的名字曾和孙中山、蒋介石、汪精卫、张治中、周恩来、白崇禧、张国焘等人排列在一起。1926年1月，他还当选为国民党第二届候补中央执行委员。只是此人是个政治投机分子，是个有奶就是娘的角色。1937年抗战爆发后，缪斌居然投靠日本人，沦为可耻的汉奸，还参加了伪中华民国临时政府。1940年3月，汪精卫的伪南京国民政府成立，缪斌担任伪中央政治委员会聘请委员。1945年日本投降后，缪斌被国民政府以汉奸罪逮捕，判处死刑。1946年5月21日在苏州狮子口第三监狱被枪决。当然，这都是后来发生的事情。

这个时候，缪斌正是蒋介石身边的红人，正使出全身的解数，向蒋介石献媚拍马。今天，他找高文华的目的就是想做高文华的工作，让高文华不要再发表反蒋言论，投靠蒋介石，以求荣华富贵。

缪斌见到高文华之后，自然是一番叙旧，以无锡老乡、黄埔同学，作为拉近二人距离的谈资。高文华对缪斌早就了解，和他一直保持距离，根本没有共同语言，所以，在缪斌套近乎的时候，也就虚以应付。一直到缪斌转入正题的时候，高文华从心底对缪斌产生一种鄙夷。

"文华老弟，你是我的同乡同学，在中国革命处于这样的关键时刻，我作为你的兄长，自然有义务帮你一把！现如今，各方力量对比，是蒋校长的势力最大，他才是主宰中国的人物。我们作为他的学生，理应服从校长的指挥，听从校长的安排，而不应该做出欺师灭祖、大逆不道的事情！"

缪斌见高文华没有吭声，又继续往下说道："只要你保证不反蒋，以你的才干和声望，你的前程无量呀！蒋校长正在用人之际，他委托我告诉你，他会委任你高官的！"

高文华冷冷地对缪斌说："我是蒋校长的学生不假，我们也应该尊重师长，可蒋校长自己不就是亲手屠杀自己学生的吗？这又做何解释呢？"

缪斌装作好人的样子对高文华说："你老弟何必这样较真呢？如果你还是坚持你反蒋的立场，敬酒不吃吃罚酒的话，会有十分严重的后果的！你想过没有？你脑瓜子里是不是进水了哇？"

谈到最后，缪斌没有达到目的，只得气呼呼地走了。

其实，当时的政治形势已经十分险恶了。1927年3月7日，赣州总工会委员长、共产党人陈赞贤被杀害；3月17日，九江的总工会被捣毁，打死打伤数人；3月23日，又发生了暴徒袭击合法民众团体的事件，打伤了6个人，并且公开说他们就是共产共妻的赤化分子的榜样；11月4日，广州省港罢工委员会被焚烧；12月31日，广东工农运动又遭大肆镇压，残杀农会干部。

高文华对于这些反共清共的流血事件全都知道，也明白自己反蒋的后果是什么，可自己作为一名中国共产党员，面对蒋介石的反革命行径，决不能熟视无睹，坐视不管。

在这段时间里，蒋介石为了收买高文华，还派人以图书费的名义，给高文华送来了500元现大洋；而总参谋长白崇禧也邀请高文华吃饭，希望高文华为自己效力。

可是，高文华天生就是一副直心肠，从不隐瞒自己的政治观点，更不会为了一点私利就改变自己的政治信仰。因此，他明确地拒绝这些威胁利诱，声明自己决不会做新军阀的反革命工具，将会继续揭露蒋介石的反动面目。"对党信仰和忠诚是共产党人的底色，作为雨花台英烈之一，高文华是一名坚定的马克思主义者，他以改造中国为己任，为民族独立、人民解放和国家富强，最终实现共产主义的崇高理想，坚定执著、义无反顾、勇于牺牲。从不受钱的牵动，放弃高薪稳定的工作，立志要做'使天下穷苦人将来吃饱穿暖的事'；面对敌人的威逼利诱，为了党和同志们的安全，誓死不屈。作为一名中国共产党党员、一名坚定的共产主义战士，高文华信守了他的入党誓言，始终坚持了信仰至上、对党忠诚的可贵精神。"（据《高文华烈士的英雄事迹及精神研究》）这就是高文华的革命立场和崇高品格。

这一回，高文华真的激怒了蒋介石，蒋介石派人跟踪高文华，想从高文华那里找出其他共产党组织成员。

那一天，高文华刚一出门就被特务盯上了，这使得他不能按时去参加党组织的会议。当时，许多共产党员被捕，高文华也做好了随时被捕入狱的准备。两天前，他接到党组织的通知，要他去参加一次党组织的重要会议。他知道自己已经被蒋介石的人盯梢了，出门的时候也就格外地小心谨慎。果不其然，他走到大街上就发现了尾巴。

高文华十分地机警，准备在城里转一圈，甩掉敌人之后，再去开会的地点。他看到附近有一家电影院，站在门前察看一番之后才走进了电影院。他想趁着黑暗从边门溜出去，这样就可以将尾巴给甩了。片刻过后，高文华从边门走出电影院的时候，并没有发现还有其他人在跟踪自己，也就放心大胆地朝开会地点一路奔去。

就在高文华走向开会地点还有不远的一刹那，他突然发现自己的身后还有另一个尾巴！这让高文华吓出了一身的冷汗，差点儿上了敌人的圈套！也就在这个时候，他听到邮政大楼门前响起一阵呼喊声，他掉转头望过去，看到几个年轻人正高举着彩旗，一路飞奔一路高呼，然后就散发起各种色彩的标语传单。这一看就知道是群众正在从事的反蒋宣传。可他们的传单还没有散完，就听到一阵尖啸刺耳的警哨声，无数特务军警一下子冲了过来，将邮局大楼包围得水泄不通。高文华明白自己肯定是不能去参加会议了，于是赶紧走进了路边的一个百货店。

"有一次，高文华外出，发现有人盯梢，走了好一阵，尾巴还盯住不放。高文华立即改变了原计划，直奔白崇禧公馆，白崇禧知道是高文华专程来访，殷勤接待。高文华与白崇禧扯谈了一阵告辞出来，尾巴才不见了。缪斌没有能说服高文华，失去了向蒋介石邀功的机会，遂怀恨在心。"（据雨花台革命烈士纪念馆资料）

1927年的初春时节，天气还是十分地寒冷。

北伐军东路指挥部这时正在江西南昌安营扎寨，当时指挥部以当地的一个看守所作为临时关押犯人的处所。高文华这天突然被抓，就被关在这个看守所的牢房里面。

高文华一进看守所，就看到到处是杂乱肮脏的景象。这看守所的号子，比一般牢房要大得多，每间号子里关的人更多，走廊的铁门也关得严严实实，十多个号子的人不能互相往来，含着沙石的小米饭可供吃饱，但咸菜苦得让人不能下咽。看守所所长或书记每天黄昏来看守所点一次名，其他就没有人来管你了。

高文华在这里被关了几天之后，就看出了一个门道，犯人只要肯花钱，看守的牢兵就可以与你交朋友，谈天说笑，为你到外面买这买那。只是对于政治犯，都是单独关押，牢兵也不敢轻易接近。

这一次，北伐军东路指挥部在副党代表缪斌的指挥下，一下子抓了十几个"共党"和反蒋分子，其中还有一个是区委书记。当然，这一批"共党"只是缪斌为了向蒋介石邀功胡乱抓来的，大多都是因为一些私人怨恨被告发而抓来的，有的根本就不是共产党员。

高文华的号子里一共关了五个男犯，这里是政治犯集中关押的号子。紧隔壁的号子里还关了一个绑匪以及其他的刑事罪犯。刑事犯们整天都在说笑、下棋或是赌钱，好像自己并不是犯人。高文华听同号子的人说，只要没有原告催迫，政治犯也可以"活动"交钱保出去的。只有得罪了政府要员的，才有可能被判死刑或长期徒刑。

高文华觉得自己并没有犯罪，只是为天下百姓说了一些应该说的话而已。他就不相信蒋介石会判自己死刑，只是可惜的是，自己不能在外面将革命进行到底了。

这次，高文华的被捕原因，首先是得罪了蒋介石，使蒋介石下决心要教训他。另外，也是因为得罪了缪斌。缪斌本想从高文华的身上捞到向蒋介石邀功请赏的资本，没想到高文华不吃他这一套。这就挡了缪斌升官发财的路子，使得缪斌气得咬牙切齿。这次他借蒋介石拿共产党开刀之际，向上告密说高文华是共产党，蒋介石的爪牙们也就将高文华抓进了牢房。

高文华人坐在牢房里，心却一直在牵挂着外面的革命形势。可是，已经被抓进来了，他只得在这里等待机会。

这个看守所的牢兵可以买通，只要有钱牢兵就可以帮助传递消息，通知外面的同志亲友往牢房送钱送物。因此，有人提议在狱中组织党支部，按期开会，高文华认为这样做不够妥当，结果也就没有实施。当然，这并不是表明高文华不和敌人作斗争。高文华首先要做的就是习惯监狱里的生活环境，他在外面一看到穷苦人的贫困生活，就会感到难受至极，现如今到了监狱里了，居然一切都不用犯愁了。房租不必付了，电灯也是免费的，饭是牢兵送来吃的。他居然显得十分乐观，他觉得保存好自己的体力，就是为革命留下战斗的火种。

高文华被捕关了一段时间之后，就遭到了敌人的严刑拷打，但他始终坚贞不屈，没有暴露党的机密。敌人根据缪斌提供的一些情况，对高文华进行了多次审讯。他们不让高文华休息，给他灌辣椒水，在他的肚子灌胀之后，又用大皮靴乱踩。敌人还将他身上的衣服全部扒光，让他在夜里躺在号子的水泥地上。可是，敌人始终没能撬开他的嘴。最后，敌人拿他没有办法了，只好吊他几个小时。他的手腕被吊得不能拿碗吃饭，穿衣服都要由难友帮他。然而，他坚贞不屈，没让敌人从他嘴里得到我党的任何情况。

他在牢房里积极地开展同社会上的联系，写呈子要求释放"政治犯"，继续与敌人作斗争。因为看守所里有瘟疫在不断蔓延，会影响到每一个难友的人身安全，高文华便和其他同志一起发起成立了救济会，有什么事都由高文华出头去办。

一天下午，牢兵来通知，说法官下来查监房了。老囚犯都很诧异，因为法官从来不查牢房的，每个犯人全都回到自己号子。不久，牢房的铁门响了，看守所长陪着法官一起走了进来，每个房间都去察看了一番，最后走进高文华的号子时，高文华吃了一惊，这个法官居然是他的黄埔军校同学，虽然有一年多没见面，但他认得清清楚楚的。这时，法官向牢房里的囚犯大声说道："外面有人假借我们军法处的名义，向你们的家属敲诈勒索，下次你们写信时必须提醒你们的家属，决不能上当受骗！我们军法处一直是秉公办案，绝不会徇私枉法的！"

这一天，高文华在出席开庭审理时，没想到那个黄埔军校的同学就是主审法官。只是高文华并不知道这个同学法官在他的案子里发挥了什么样的作用。高文华不能确定这个同学法官是否有助于最后判决，但最起码这个法官并没有加害于自己。这或许就是共产党组织通过内线发挥了作用吧?

这个同学法官是江西人，在黄埔军校读书时，和高文华不是一个连队的，但他们之间经常在一起出操，高文华对这个法官有些印象。在第一次审理时，高文华随口瞎说，这个法官居然一次也没有反驳他，只是将高文华的口供一一记下，最后叫高文华签字了事。高文华矢口否认自己是共产党员，对共产党组织的情况一无所知。法官只是责问道："难道真是缪副党代表在诬陷你的？你说的这些话，我权且都信了。只是你有许多反蒋言论，不会是假的吧？"第二次开庭是到军法处办公室。这次不是审案，而是缪斌来看高文华，再一次劝高文华，让他回头是岸，高文华自然不会理会他的。第三次开庭就是办理交保释放的手续了。

外面有人为高文华交保，高文华并没有见到保人，只是看守所告诉他已经有人帮他交了保费，可以出去了。

"高文华继续进行反蒋活动，使蒋介石恼羞成怒。蒋介石指使爪牙逮捕了高文华，扣押于江西东路指挥部。后经共产党设法活动获释。"(据《不死的青春》)

1927年3月的一天，高文华终于出狱了。

高文华拖着受伤的身体走出看守所的时候，全身都是软软的，两条腿一直打晃，两眼一阵发黑，头脑里一直眩晕，一下子支撑不住便软软地瘫倒在地了。

这一次坐牢经受酷刑，使高文华的身体受到了极度的伤害。他的身体本来就很虚弱，哪里还能经受得了这样的摧残？

高文华是含着眼泪脱下了军装，又是含着眼泪和工兵团的战友们告别。

他离开了部队，离开了一起出生入死的战友。当他走出军营，回头望着站在军营门口为自己送别的战友时，一直不停地挥着手，两只眼睛里的泪水就再也忍不住坠落下来了。

这时，他身上的伤还没有全部痊愈，走路时还显得有些艰难。他一瘸一拐地从军营的大门走出来的时候，脸上的伤疤全都一起疼痛起来了。他不得不放慢脚步，伸手揉着疼痛的双腿。战友们一齐冲上前来，搂着他拽着他扯着他，全都不想让他离开，大家的眼睛里全都充满了泪水。

高文华不得不离开部队的原因十分清楚，蒋介石是不允许一个坚决反对自己的人继续在部队里带兵的，而且高文华的身体也不允许他继续在部队里干下去了。这些原因使得高文华带着一种依依不舍之情，离开了朝夕相处的战友们。

高文华从监狱里出来之后，便住进了当地的红十字医院。他的身上无处不是被严刑拷打之后留下的创伤，许多地方已经出现严重的炎症，甚至化脓腐烂了。因此，他在医院里挂水换药，一直住了一个多月，身上的伤口才慢慢地有所好转。

至于高文华离开部队的具体时间有两种说法，一是蒋介石发动"四一二"反革命政变的1927年4月12日之后，二是在"四一二"政变之前的1927年3月。当然，不管是之前还是之后，高文华离开部队的原因全都是蒋介石的"清党"。公开坚决反蒋的高文华，已经无法继续在部队里干下去，不得不转入地下继续战斗了。

事实上，在"四一二"政变前后的这段时间，无数共产党员全都像高文华一样，由公开半公开而转入地下。"四一二"便是一个重要的时间节点。

1927年4月12日，以蒋介石为首的国民党新右派，在上海发动反对国民党左派和共产党的武装政变，大肆屠杀共产党员、国民党左派以及革命群众。这就是历史上著名的"四一二"反革命政变。

高文华并不知道"四一二"反革命政变的详细过程，但他知道蒋介石大肆逮捕共产党和进步人士的事实。

据史料记载，1927年3月底，蒋介石连日召集秘密会议，策划

"清党"反共。 4月2日，蒋介石邀集国民党中央监察委员李宗仁、古应芬、黄绍竑、吴稚晖、李石曾、陈果夫等开会，向国民党中央提出《检举共产分子文》，要求对共产党做"非常紧急处置"。 4月5日，蒋介石发布总司令部布告，要工人武装纠察队与工会一律在总司令部的管辖之下，"否则以违法叛变论，绝不容许存在。"4月8日，蒋介石指使吴稚晖、白崇禧、陈果夫等组织上海临时政治委员会，规定该会将以会议方式决定上海市一切军事、政治、财政之权，以取代上海工人第三次武装起义后成立的上海特别市临时政府。 4月9日，蒋介石发布《战时戒严条例》，严禁集会、罢工、游行，并成立了淞沪戒严司令部，以白崇禧、周凤岐为正、副司令。 原来在武汉整装待发的国民革命军第四军、第十一军不再东下，第六军、第二军的绝大部分服从蒋介石的命令，离开南京开往江北，使蒋介石得以控制南京。 蒋介石发出"已克复的各省一致实行清党"的密令，上海的形势骤变。

  这个时候，蒋介石已经做好了反革命政变的准备。 因此，在4月12日的凌晨，停泊在上海高昌庙的军舰上空升起了信号，早已准备好的全副武装的青红帮、特务约数百人，身着蓝色短裤，臂缠白布黑"工"字袖标，从法租界乘多辆汽车分散四出。 从1时到5时，先后在闸北、南市、沪西、吴淞、虹口等区，袭击工人纠察队。工人纠察队仓促进行抵抗，双方发生激战。 国民革命军第二十六军开来，以调解"工人内讧"为名，强行收缴枪械。上海2700多名武装工人纠察队被解除武装。 工人纠察队牺牲120余人，受伤180人。 当天上午，上海总工会会所和各区工人纠察队驻所均被占领。 在租界和华界内，外国军警搜捕共产党员和工人1000余人，交给蒋介石的军警。

  面对蒋介石的公开叛变，作为共产党员的高文华义愤填膺，想组织力量进行斗争，但当时共产党的力量明显不足以与之进行公开抗争，高文华又是刚刚被蒋介石抓捕过的人，因此，为了保存力量，组织指示高文华转入地下战斗。

  党组织派人来和他谈，让他离开部队回乡的时候，高文华还一时想不开，根本不想离开他战斗过的部队，在上级领导将当时的斗争形势和险恶环境一一说清楚之后，他知道再在这里干只能增加不必要的牺牲，因此才不得不答应离开部队。 当时，上级给许多党员下达了"隐蔽骨干，转入地下，继续战斗"这12个字的命令。

"4月12日，蒋介石公开叛变。 制造了'四一二'反革命政变。 ……蒋介石已经完全沦为帝国主义压迫人民的工具，高文华决不当新军阀反革命的工具，愤然离开了工兵团。 此时，京沪线一带的群众运动也急需要更多共产党的干部，党便派高文华回无锡继续从事革命活动。 高文华踏上了新的革命征程。"（据《高文华传》）这里很明确地记载着高文华是"四一二"反革命政变之后，离开部队回到无锡的。

另有两个史料记载，高文华离开部队的时间，是他出狱之后的1927年3月。"出狱之后，党考虑他不能继续留在军队，派他来京沪线一带工作。 1927年3月，他回到了无锡岸桥弄25号家中。"（据《不死的青春》）"1927年3月，离开军队回到无锡。"（据《无锡革命烈士高文华》）

就是这样，高文华带着对蒋介石新军阀的一腔仇恨离开了部队，搭上一列火车，离开了南昌。 他知道自己的前面肯定有无数艰难险阻，他更明白蒋介石反动派肯定会用更加残酷的手段对待革命者。 因此，他在思想上更加做好了为革命献身的准备。 想到这一点，他也就感到没有可怕的，也没有任何困难不能克服的了。

"呜——"火车拉响了汽笛，车轮开始缓缓地启动了。

高文华向站台上为自己送别的战友挥着手，看到自己的战友们的身影缓缓地向后移动，过了一会儿就再也看不见了。

第六章
回乡革命

这天下午，高文华拎着一只旧皮箱，回到无锡城南岸桥弄的家门口，看着自家那几间早已破败的平房，心中立马涌上一股苦涩，两只眼睛也跟着湿润起来了。敲开了家门之后，他看到父母弟妹站在自己的面前，全都睁大了眼睛问他找谁。这时，高文华的内心充满了对父母弟妹的愧疚之情，便用颤抖的声音说自己是文华呀，是父母的长子，是弟妹的长兄呀！经他这么一说，全家人又全都惊奇地睁圆了双眼，定睛仔细地看了又看，这才认出真的是文华回来了。

这一天，高文华经过一路的颠簸，带着一身的疲惫，终于回到了无锡。当他从火车上走下来，一脚踏上家乡的土地时，两眼就止不住溢出了两滴泪珠来。

此时此刻，他的内心一阵酸楚，觉得自己离家的这几年里，父母弟妹肯定是吃尽了苦头，而自己一心惦记着革命工作，根本无暇照顾家庭。因此，一股内疚的泪水便止不住夺眶而出了。

他没有事先通知家里，当然也无法通知。他拎着一只小提箱，走出了极其简陋的火车站，然后一路走一路审视着无锡的大街小巷。

当时无锡的形势已经和上海广州南昌一样，全都处于反革命的白色恐怖之中了。无锡被北伐军光复之后，就开始了对工农运动和共产党人进行血腥镇压。因此，到处都可以看到荷枪实弹的警察正在气势汹汹地抓人。

高文华刚走出火车站就看到站前有一张布告，内容是国民党无锡"清党"委员会杀害共产党员秦起。高文华知道秦起这个同志，他比高文华只大一岁，只有20岁就被国民党反动派杀害了，而且反动派还将他的尸体扔进了河里。

秦起出生于1907年1月10日，家也住在无锡城内，也是一个平民家庭。高文华小的时候，还和秦起在一块玩过。秦起于1925年冬加入中国共产党，同年12月任中共茂新面粉二厂支部书记，创建了无锡历史上第一个基层工会组织——茂新面粉二厂工会。入党的当天，秦起就在他的照片旁边题签道："是大逆不道者，是不识时务者，是处万层束缚之下偏要挣扎者"。这充分表达了他决不和敌人妥协，为共产主义事业奋斗到底的决心。1927年3月17日，为配合北伐军攻打无锡，他率领工人骨干破坏铁路，阻挠军阀部队的运输。3月21日，北伐军进驻无锡，在当天欢迎北伐军的军民联欢大会上，他还代表无锡总工会致辞。"四一二"反革命政变后，秦起组织数万工人参加民众大会，声援上海工人的斗争，揭露国民党右派的反动面目。会后，他又带领与会群众冒雨游行示威。

"无锡国民党右派奉蒋介石密令,纠集部分警察、商团和地痞流氓武装数百人,在北伐军第十四军赖世璜部的支持配合下,于4月14日深夜袭击总工会。他率工人纠察队员英勇抵抗。因寡不敌众,10余名纠察队员牺牲,秦起等数十人被捕。他大义凛然,怒斥顽敌。翌日凌晨遭秘密枪杀,沉尸于河中。牺牲时年仅20岁。"(据《秦起烈士资料》)

高文华站在通告前读着秦起被敌人杀害的一字一句时,两眼充满了愤怒的火苗。他的心里明白,无锡的斗争也是十分地残酷,自己也必须做好随时为革命献身的准备。

当只有19岁的高文华回到家中,站立在家人面前时,全家人根本无法相信自己的眼睛。高文华哪里还像个19岁的青年?看上去足足比实际年龄要大出很多,简直就像是一个穷困潦倒的乞丐呀!

父亲上下打量了一番自己的儿子,他知道儿子在广州是上校军官,怎么会变成这等落难的模样?也就带着满腹的疑惑问道:"怎么从广州回来了?"

高文华被父亲这么一问,也不好将党派自己回无锡工作的指示告诉他,只得说自己受了伤,身体弱,不适应部队行军打仗,只得回无锡来了。

父亲一听心里就感到很不痛快:"给你找了个铁饭碗,你不要,偏偏要当兵打仗,结果怎么样?还不是回来了吗?"

母亲打断父亲的话说:"儿子回来了,人没事,就好!埋怨干啥子?"

高文华强笑着对父亲说:"我找的可是金饭碗呀!"

父母和弟妹全都一齐问他找的是什么金饭碗,他们从高文华身上一丁点儿也没看出他是挣大钱的样子,因而大家全都不解了:

"你究竟是干什么工作的呀?"

高文华不再笑了,十分严肃地对家人说:"我干的是使天下千千万万受苦人,都能吃饱穿暖的活!"

"天下还有这种活吗？"父亲更加不解了。

高文华知道对家人只能说到这里，这也是党的保密纪律，说完便开始收拾行李，拿起刚刚在街上买的一叠新的旧的报纸翻阅了起来。

高文华想从这一叠新旧报纸上了解当时无锡的政治形势。果不其然，当地报纸上全都是关于无锡"四一四"反革命事件的报道。首先映入高文华眼帘的是头条位置以《记前晚大雄宝殿之惨剧》为标题的一篇报道：

"大雄宝殿之格斗，总工会委员长秦起于前晚枪声突起前一小时，据某工会会员报告，今晚将有人携带武器到会攻击等情况，当下命令纠察队全体队员齐集第一会场训话，将大门紧闭，实施戒备。迨12时许，果有人前后两路攻入大雄宝殿前，忽闻枪声由疏而密，并有炸弹声二响，似战斗颇烈。事后调查为工人方面多人被击毙。大雄宝殿及西首围墙血迹斑斑，十四军当派部队驰往，外围均放步哨，出入行人均须盘诘。"

另一张报纸上刊登了《县政府查封四乡农民协会》的报道："县政府县长秦效鲁前奉十四军军长赖世璜训令，以本邑县内农民协会为共产党把持，发现所有四乡农民协会均系少数共产分子把持，甚至极端敲诈横行，违反党纲，扰乱秩序，实属可恶至极，事隔亟应立予解散，严拿究办。"

其他报纸上还有无锡各地农民协会遭国民党反动派查封的具体报道。

高文华的心上好像压上了一块大石头，让他气都喘不上来。他知道自己这次回乡革命，肯定不比在部队里要轻松多少，他知道新的考验正在等待着自己。特别是看到父母弟妹，知道自己即使回到了无锡，也不可能照顾他们的生活，甚至还要给他们增加许多麻烦乃至风险。想到这里，他的双眉也就紧紧地皱在了一起。

或许正是因为他的心事重重，他脸上十分严峻的表情，使他更显老成了许多，这或许也是他踏入家门时父母弟妹没有认出他的原因吧？

"根据组织的安排，高文华风尘仆仆地回到离别4年多的故乡。他没有像曾经的信中说的那样'戎装还乡'，只是手里拎着一只皮箱，身上最值钱的财产是一只旧怀表和一支钢笔。他回到岸桥弄25号的家中时，家里人几乎不认识他了——他穿着一件破旧的长衫，袖上缝着补丁，一双单鞋破旧不堪，面孔瘦削，两只眼睛显得格外地大，也格外地深邃。"(据《不死的青春》)

这也就出现了父子相见不相识的这一幕。当然，这也是高文华回到家乡新战斗的开始。

1927年8月底的一天，高文华在家里秘密地召集无锡县共青团骨干开会，部署当时的重点工作任务。高文华和另三个青年人正在以打麻将的形式，焦急地等待着上级新派的无锡县团委书记乔心全的到来。

高文华回到无锡之后，就以报人的身份作掩护，经常在家里举行各种秘密会议，时间一长高家就成了无锡党团组织的一个秘密活动地点。这时，高家的人来来往往，表面上都是一些和报馆有关系的采访事务，但实际上全都是共产党员、共青团员来高家开会。他将会议的地点就安排在最里面的一间小房子里，这是个十几平方米的平房，只有一个窗户，邻居根本看不到里面的情况。高文华他们就是在这个房间里，经常以打麻将为名开会研究工作。在开会的时候，倒茶扫地之类事情，全都不用高文华的母亲干了，而是直接由高文华亲自动手。

高文华回到无锡之后的公开身份是国民党党员、黄埔军校毕业生，在国民党无锡县特别委员会妇女青年运动委员会担任常务委员，又在《中山日报》谋了一份编辑的公开职业，而真实身份则是被中共党组织任命为无锡县团委宣传委员。他用公开身份作掩护，这样便于他开展党的秘密工作。

这时，高文华他们几个人终于等到了乔心全，乔心全先是和高文华他们一一握手，然后便自我介绍："根据上级党组织的安排，从今天起，由我担任共青团无锡县委书记，希望各位今后团结一致，将无锡县的共青团工作搞好！"

乔心全（1905—1927），又名乔德仁，比高文华大3岁，四川巫山人，是中共早期党员。他于1922年考入南京河海工程专门学校，攻读水利专业。在校读书期间，开始阅读《新青年》等进步书刊，系统学习《通俗资本论》《共产党宣言》等马克思主义著作，逐步树立共产主义人生观。1925年加入中国共产党，并开始从事革命活动。1927年7月15日，汪精卫和蒋介石搞"宁汉合流"清党。8月，乔心全被党组织派到无锡担任中共无锡县委委员、共青团无锡县委书记，主要任务是在无锡恢复重建党团组织。

高文华回乡已经有几个月了，对无锡的革命形势已经有所了解。在"四一二"反革命政变之后，无锡的党组织遭到了严重的破坏，团组织被破坏的程度相对轻一些，特别是乡下的团组织被破坏的程度更小一些。"四一二"之后，上级曾派王斌来无锡担任团委书记，当时城乡有团员120多人，下属团支部也有16个。团组织的秘密联络站设在三皇街小学内。这一次，上级委派了乔心全来担任团委书记，接替王斌的工作。

高文华是一个从不计较个人得失的人，完全是毫无条件地服从党的安排。"高文华始终坚持着淡泊名利、舍身为民的精神，以小我成全大我，用生命阐释了共产党人的人生观、义利观。"（据《高文华烈士革命事迹及精神研究》）按照高文华参加革命的资历和参加北伐的战功，特别是在北伐中就被授予上校军衔，回乡之后只安排了一个无锡县团委的宣传委员职务，一般人心里肯定会不舒服，甚至会认为组织对自己不够公平，可高文华的心里居然十分地乐意。现在上级又安排了一个外地同志来无锡担任团委书记，他也是全心全意地配合新任书记的工作。

高文华知道乔心全虽然年龄不大，却是一位坚定的无产阶级革命者。

乔心全入党后在南京参加组织了东南大学、河海工专等校师生声势浩大的游行，声援上海"五卅"工人斗争及南京和记洋行工人的罢工斗争；南京举行纪念孙中山逝世一周年的活动中，乔心全等党团员掩护柳亚子等人转移而被军阀政府列入黑名单。他被迫离开南京，经中共组织介绍到上海国民党江苏省党部工作，担任省党部青年部秘书。后来，他又被派来无锡筹建区党部，以徐巷乡"启民社"代课教师身份做掩护，开展革命活动。所以，他对无锡的情况还是比较熟悉的。

此刻，高文华仔仔细细地听着新任团委书记的讲话，明白了自己的主要工作有两项，一是抓宣传，揭露蒋介石的反动本质；二是抓组织，恢复和发展各级团组织。

高文华也就全身心地投入到这两项工作中去了，日夜奔波，夜以继日。

经过乔心全、高文华等人的一个阶段的工作，"在笼罩白色恐怖的无锡，艰苦细致的工作，使党团组织得到恢复，打开局面。团支部扩展到28个，团员扩展到236人，并培养一批领导骨干。"（据《革命烈士乔心全》）

"高文华还积极恢复发展共青团组织，除了城区以外，在荡口、钱桥、藕塘桥、洛社等乡区都要有团支部，团的工作相当活跃。高文华的家成了共青团员们经常出入的地方。乔心全、薛光楣及其他一些共青团骨干、积极分子常到高家来聚会，商讨革命活动。高文华还经常组织青年们读《共产党宣言》《政治经济学》等马列主义书籍，教大家唱《国际歌》，找他们谈话。在他的教育帮助下，一批青年参加了共青团组织，其中包括他的妹妹高福珍。"（据《不死的青春》）

"有时，哥哥会和一些同志在家里开会，15岁的我负责在门口望风，虽然不太懂他们的工作，但我知道哥哥他们都是好人，很好很好的人。"高文华的妹妹高福珍在回忆时这样说。

此外，高文华还按照乔心全的要求，利用报人的公开身份，召集各类读者几百人集会，揭露蒋介石的反革命嘴脸，对蒋介石集团的叛变进行愤怒的声讨，强烈谴责蒋介石反革命的暴行。

在这次集会上，有一个劣绅站到台上，挖苦高文华说："老兄呀，你那支笔呀，骂起人来，是老厉害的了，简直就是杀人不见血呀！"

高文华一下子便看清这个人的反动本质，也就毫不客气地对他说："我不过是说了真话，写了真事罢了，怎么能算是骂人呢？"

这时，高文华根本没有理会敌人的恶意攻击，依旧整天都在忙碌，经常连吃饭的时候都在看稿改稿。他在写传单的时候，也不用底稿，经常是在开会的时候，一边听会一边写稿，会议一结束，他就整理成文，刻写在蜡纸上，很快就付印，散发出去了。他的这股革命热情和办事效率，受到了许多同志的称赞。

在这天集会上散发完传单之后，高文华就对广大群众高声说道："蒋介石屠杀民众，业已变为国民革命公开的敌人，现在广大人民要为推翻新军阀、打倒军事专政而奋斗！"最后，他又对着广大群众宣读了革命进步人士起草的《联名讨蒋通电》："凡我民众及我同志，尤其武装同志，如不认革命垂成之功，隳于蒋中正之手，惟有依照中央命令，去此总理之叛徒，本党之败类，民众之蟊贼，各国民革命军涤此厚辱！"在场的所有人听了高文华的演讲之后，群情振奋起来了，一起高喊起反蒋的口号。

"推翻新军阀！打倒蒋介石！"一阵高过一阵的口号声响彻云霄。

1927年春夏之交的季节，白色恐怖笼罩着无锡城乡。国民党"清党"行动格外地频繁了，警车拉着警笛在无锡的街头横冲直撞，呼啸而过。一批又一批革命者和进步群众被抓进了牢房。有一批共产党员先后转移去了外地，还有一批共产党员转移到了乡下，无锡城区的共产党组织遭到了严重的破坏。

这个时期，负责无锡农民运动的共产党员杭果人是这样向上级组织汇报无锡严峻的政治形势的："国民党右派在清党中实行的反革命屠杀政策，使大革命运动受到严重的摧残，白色恐怖遍布各县市乡。 我们的敌人勾结了反动军阀，极力向我们进攻，大有非把我们一网打尽了不可的气焰，这个时期里我们的工作是十分地困难。"

杭果人于1903年出生在无锡雪浪钓桥顾巷村，1925年加入了中国共产党，1926年1月赴广州参加由毛泽东主持的农民运动讲习所学习，1926年9月到1928年4月担任江苏省农民运动特派员，在苏北如皋、泰兴、扬州和丹阳地区发动和组织农民运动，后调回无锡从事农民革命运动和党建工作。

杭果人和高文华面对这样的恶劣环境，仍然在无锡坚持着斗争。只是斗争更加地隐蔽，也更加地艰难，他们面临的考验也更加地严酷。

这段日子，高文华不再回家住了，提防敌人去家里抓捕，并且化名叫"程清"，在城里活动时几天就换一个住处，让敌人摸不准他的行踪。 他还不说无锡当地方言，而是说着一口流利的官话，以外乡人的身份住在旅馆里，装扮成做小生意的样子，每天吃饭只能在小饭馆里吃最简单的饭菜。

对于这样艰苦卓绝的斗争生活，高文华觉得乐在其中。 他认为只要自己决定投身革命之后，就应该将自己的一切毫无保留地献给党的事业，根本不应考虑个人的得失。 确实，在当时十分恶劣的白色恐怖形势之下，高文华为了党的事业牺牲了个人的一切。

"高文华在国难当头的岁月，心中装着伟大的革命理想，装着处于水深火热之中的劳苦大众，放弃个人的前途和安逸，义无反顾地投身革命，为民族和人民而最终选择了一条荆棘丛生的道路。"（据《淡泊名利，舍身为民》）

对此，高文华后来在给他妹妹的一封信中也是这样写的："我现在请你明白两个观念：一，金钱的眼镜；二，地位的眼镜。 这两副眼镜或是能得到的，地位金钱光荣常是一同来的，当然一个人是贪图一些光荣的，因此，地位和金钱非常重要了，尤其是初入世的人，更容易受金钱和地位的迷惑而堕落。 妹妹! 你要打破这两副眼镜,你要绝对的丢掉金钱和地位二个恶观念。"在这里可以看到高文华为了党的事业牺牲了个人的一切,他的精神境界是多么地高尚。

高文华在告诫妹妹一定不要受到金钱和地位的束缚,这样才能做到大公无私地为共产主义事业奋斗到底。

高文华是这样说的,也是这样做的。 当时党的经费十分地困难,他就和同志一起只吃一些米饭,而舍不得花钱买菜吃,最多就买一碗豆腐汤,而且自己只吃半碗,另一半分给其他同志。 身上只穿能够遮风挡雨的破旧衣服就可以了,对生活从来没有任何高要求。"你看人前年夏天里在家的时候,一件破旧的夏布长衫,袜鞋都破旧不堪,什么东西都可吃,只要吃得饱,无论去哪里都是步行,总之我在衣食方面,除饱暖之外,什么都不讲究的。"(据《高文华给妹妹的信》)

高文华在生活上如此,在工作上更是无条件地服从党的安排,党叫干啥就干啥,从不讨价还价。

高文华参加革命的动机绝不是为了个人升官发财,而是为了实现共产主义,为了做"使天下穷苦人将来吃饱穿暖的事"。 所以,他从不计较个人的利害得失。 他的一生十分短暂,也没有任何遗产,他牺牲后只留下那只破旧的皮箱。

这就是一位真正的革命者的价值观。

有一天,高文华收到黄埔军校一位同学写给他的一封信,信上对高文华说冯玉祥将军十分赏识高文华,想任命高文华到部队担任副师长的高位。

这段时间,冯玉祥于1927年1月在共产党人的帮助下,在陕甘等地颁布治理条例,改革地方行政机构,扶助工农运动。 4月18日开始二次北伐,冯玉祥决定向东进军,和武汉的北伐军会师中原。 当月,冯玉祥被武汉国民政府改编为国民革命军第二集团军总司令。 因为北伐战争的需要,冯玉祥急需要大量的军事人才和政工干部,而高文华不但是杰出的政工干部,而且是黄埔军校培养出来的军事指挥员,因此冯玉祥这才请人写信给高文华,希望高文华能够来军中担任要职。然而,高文华认为党组织调自己来无锡开展革命工作,党需要自己留在无锡,从没想过自己去当官发财。

"对党忠诚信仰和忠诚是共产党人的底色,作为雨花台英烈之一,高文华是一名坚定的马克思主义者,他以改造中国为己任,为实现民族独立、人民解放和国家富强,最终实现共产主义的崇高理想,坚定执着、义无反顾、勇于牺牲。从不受钱的牵动,放弃高薪稳定的工作,立志要做'使天下穷苦人将来吃饱穿暖的事'。"(据雨花台革命烈士资料)

要知道当时冯玉祥给高文华的副师长一职,军衔是个少将,月薪有300元大洋以上。而这时,高文华在无锡身无分文,党组织给他的每月津贴仅仅只有7元。这便是高文华对妹妹说的"绝对地丢掉金钱和地位二个恶观念","身上只穿能够遮风挡雨的破旧衣服就可以了"。

高文华的心里只有党的事业,全无任何一丁点儿私心杂念。"高文华始终坚持着淡泊名利、舍身为民的精神,以小我成全大我,用生命阐释着革命者的人生观。"(据《雨花英烈高文华》)

这是一次对反动派进行绝地反击的秘密会议。

这次会议是在无锡东部山区的安镇钱堈上张姓的祠堂召开的,据现存的无锡农民暴动会议旧址照片,可以看出这座江南青瓦白墙的古宅曾经的沧桑。老屋是砖木结构,后墙没有开窗,前面的木窗是用窗纸糊成的,一看便知道这三间老屋里充斥着陈年旧事。

那一天夜晚,外面下着瓢泼大雨,漆黑的天空时不时地闪烁着雷电。这座老屋便借着风雨的掩护,在举行着极其机密的会议。

高文华下午就从无锡城里靠着双脚一路走过来了,悄然无声地走进这座老宅。他的身上早已全部被大雨淋湿了,两只脚也已沾满了泥垢。

这天是1927年10月的中旬。当天晚上,中共江苏省委专门委派了夏霖作为特派员到无锡来指导无锡的农民暴动。除夏霖而外，无锡的中共党团组织、农民协会负责人王津民、乔心全、杭果人等全都出席了会议。高文华作为无锡县团委宣传委员，又是黄埔军校的毕业生，参加领导农民暴动这样的军事行动，十分地合适，因此也接到通知参加了会议。

高文华曾经亲身经历过东征和北伐战争，对战前的紧张气氛，自然十分地熟悉。他这天已经体会到了无锡农民暴动前的紧张和兴奋。

前些日子，高文华根据党的安排，准备和一批青年去苏联接受培训，可又接到了上级新的指示，让他回无锡参加农民暴动。"1927年七八月间，中共江苏省委决定送高文华等人去苏联入东方大学深造。高文华按指示到上海，和几十名准备去苏联学习的同志一起住在一家旅馆里。但几天后来了新的通知，留学生暂不出国。"（据《高文华传》）

这时，中共中央召开了"八七会议"，这是第一次国内革命战争失败之后，在关系中国共产党和中国革命前途命运的关键时刻召开的一次十分重要的会议。这次会议纠正了陈独秀右倾机会主义错误，撤销了他在党内的职务，选举出新的临时中央政治局，确定了土地革命和武装斗争的总方针，并且决定发动秋收起义。毛泽东同志出席了会议并提出了著名的"枪杆子里出政权"的理论。这次会议向全党和全国人民指明了斗争方向，反对政治上的"右"倾机会主义，给正处于思想混乱和组织涣散的中国共产党指明了新的出路，为挽救党和革命做出了巨大贡献。

根据中共中央的指示精神，中央决定这批准备赴苏联学习的党团骨干，回到原来的地区参加武装暴动。高文华也就按党的指示精神，回到了无锡，参加了这次武装暴动的准备会议。为了全身心地做好农民暴动，高文华还按党组织的要求，辞去了无锡国民党内的职务，全力协助无锡团委书记乔心全，奔波于城乡各地。

"1927年10月上旬，无锡农民协会负责人杭果人收到江苏省委来信，要其立即去上海。 杭到上海后，省委常委、农运部长王若飞向他传达了党的八七会议精神和省委关于在宜兴、无锡、江阴等地发动秋收起义的决定，并要杭即在上海起草无锡起义计划。 计划经省委审查批准后，杭果人回无锡。 随即，省委派省委委员夏霖为省委特派员到无锡，加强起义的组织领导。 中旬，中共无锡县委、县农民协会召开会议，分析农村情况，对起义中的一些具体问题统一了认识。"（据《无锡起义经过》）

这一天，作为中共江苏省委的特派员，夏霖来到位于无锡安镇钱埂上的秘密会场，主持了这次秘密会议。

夏霖首先传达了中共中央"八七会议"精神和江苏省委发动武装暴动的决定。 然后，由无锡县农民协会负责人杭果人向大家宣布了《无锡暴动计划》。

这个暴动计划的主要内容为：一是成立无锡县农民革命军，夺取各镇商团武装；二是11月初发动暴动；三是农民队伍在暴动发动后，安镇以北的集中在安镇，安镇以南的集中在梅村，查家桥地区的集中在查桥，作为攻城部队，安镇、梅村两地向无锡进攻；四是城区工人由县委负责，作为攻城时的内应；五是成立苏维埃政府；六是破坏铁路、电线等。

接着，所有与会人员围绕这个无锡农民暴动计划，进行了认真的讨论。

全体同志一听说要组织暴动，全都热血沸腾起来，信心百倍。 因此，大家你一言我一语地发表了各自的看法。 最后，会议研究出武装暴动的具体计划。

"会议决定组织减租行动委员会，领导无锡地区的减租抗租运动。会议提出半租（即减租）的口号，以发动农民减租抗租，最终促成农民暴动。 会议讨论通过了农民暴动的方案和斗争策略。 农民暴动方案是：发动农民组织起来向国民党县政府请愿，要求实行半租；同时在乡村实行赤色恐怖，迫使地主豪绅实行半租。 农民抗租请愿日期定在

10月29日。斗争策略是：由请愿队赴城请愿，纠察队维持秩序，别动队伺机暴动，夺取县公安局枪械，带回乡间实行赤色恐怖。会议同时研究了分工，由杭果人在乡间负责组织指挥农民请愿队、纠察队、别动队的行动；孙选负责在城区组织工人赤卫队，配合农民行动；孙翔风与乔心全负责宣传及联络工作。"（据无锡市史志资料）

高文华的任务是协助乔心全做好暴动的宣传联络工作。

会议结束前，夏霖对整个暴动计划又提出了几点注意事项，特别提出了注意做好保密工作。他以十分严肃的神情对大家说：

"同志们，这次无锡农民暴动，是根据中共中央和江苏省委的决定组织的，是大革命失败之后，我党认识到枪杆子出政权的道理之后，举行的一次重大武装行动。因此，暴动是否能够取得成功，关系到党在无锡地区的生死存亡，也关系到无锡广大群众的切身利益。因此，各位必须首先做好保密工作，千万不能泄漏这次会议的任何消息。否则，要受到党内严肃处理！"

外面的暴雨还在不停地下着，暴风骤雨袭击着这座老宅。屋内的参会人员却全都是精神抖擞、摩拳擦掌，一个接一个地表态，最后又一起对着党旗宣誓。高文华和大家一起将右拳头高高地举起，跟着大家一起高喊起口号：

"暴动实行耕者有其田！暴动组织农民革命军！暴动打倒叛党叛国的蒋介石汪精卫！暴动打倒土豪劣绅！"

会议一直开到第二天凌晨才结束，高文华冒雨匆匆赶回无锡城。

1927年11月5日，天已经黑透了，在无锡城区堵家弄的县委秘密机关，高文华和乔心全等人，一起在焦急地等待着。他们接到交通员的通知，今晚省委常委、农运部长王若飞同志和省委特派员夏霖，要来县委召开紧急会议。而外面的警笛还在不时地呼啸着，敌人很明显正在张网以待。时间已经到了六点半了，省委领导还没有到达。

高文华沉着冷静地去门口接应，仔细地观察着街上的动静。

在 10 月中旬安镇钱埝上张姓的祠堂的第一次暴动会议之后，高文华就按照上级的要求，分赴城乡各地去组织青年，做好暴动的准备工作。 然而，几天之后敌人似乎有所察觉，就开始大肆抓捕共产党人。"10月21日，县公安局代局长宋静庭派侦缉队长倪备生下乡逮捕杭果人，结果扑了个空，仅抓到一农运工作人员。 23日晚，宋静庭得到密报，杭果人等人正在惠农桥 73 号工房开会，于是公安局教练杨仞千率巡警 20 余人，突然包围惠农桥 73 号工房，逮捕了正在屋内开会的孙选、张杏春、邵杏泉等 6 人。 当场搜出中共无锡县委执行委员会《为庆祝叶贺军队克复广东告民众书》、共青团无锡县委执行委员会《双十节告无锡青年工人书》等传单数百份，又在孙选身上搜出了有关无锡驻军、警察、商团的人数、枪械、驻地情况统计表及安镇埝上会议记录等机密资料。 次日，观前街 20 号中共无锡县委机关驻地及县委通讯联络站严氏试馆也遭到搜查。 孙选等人的被捕，使原定的抗租请愿计划完全暴露。"（据《高文华传》）

针对当时的紧张态势，无锡县委决定取消原定 31 日组织农民进城请愿的计划，根据突发情况对行动计划做出修改，将攻占无锡城区改为占领东北各乡镇，行动时间也改为在宜兴县农民暴动攻占县城之后。

11 月 1 日，宜兴暴动成功。 2 日，江苏省委决定无锡的暴动在 10 日之内实行。 4 日，杭果人从上海赶回无锡布置召开会议，落实省委的决定。 同时，省委又派了王若飞、夏霖来无锡现场指挥。

11 月 5 日是十分紧张的一天。 敌人在这一天开始全面行动，国民党驻军十三军第一师奉命加强无锡的防务，特务营也荷枪实弹地进驻火车站，军警也倾巢出动，加强对交通要道、来往行人的盘查，并且开始大肆抓捕。 所以，高文华他们时时能听到警笛的嘶叫。 也就是在这一天，省委领导王若飞和特派员夏霖来召开紧急会议，最后研究决定在 9 日开始暴动。

这天，在无锡农民暴动计划全面泄漏的紧急情况之下，暴动委员会召开第二次会议研究应付突发情况的对策。"11月5日暴动委员会召开准备会议,中共江苏省委常委、农运部长王若飞由夏霖陪同,专程赴锡参加会议。会议决定成立无锡农民革命军,杭果人任司令。在乡村建立无锡县农民委员会,严朴任委员长。"(据《无锡东北乡农民暴动》)当这个会议一结束,王若飞和夏霖就马不停蹄地返回无锡城区,来和无锡县委的同志一起开会。

一直到晚上七点钟,王若飞、夏霖才出现在堵家弄的县委秘密机关。这使高文华等人全都长长地舒了一口气。

王若飞(1896—1946),幼年原名大伦,出生在贵州安顺。他是杰出的共产主义先驱、中共领导人,老一辈无产阶级革命家。青年时代,王若飞参加过辛亥革命和讨伐袁世凯运动;1922年6月,王若飞与赵世炎、周恩来等发起成立"旅欧中国少年共产党",积极从事马列主义的宣传;1923年由法国共产党党员转为中国共产党党员;1925年3月回国后担任中共豫陕区委书记,在李大钊的指导下,积极开展以工人运动为中心的各项工作;1926年调到上海任中共中央秘书部主任(即秘书长),参与处理中央日常工作,并参与上海工人三次武装起义的组织领导工作;中共五大后,担任中共江苏省委常委、农民部长和宣传部长。

党组织这次派王若飞这样的高级干部来无锡指导工作,足以表明江苏省委对无锡暴动的高度重视。

王若飞到达之后,首先将他们在暴动委员会第二次会议上的决定,对乔心全、高文华等人做了传达,接着就一起研究无锡城里怎样策应农村暴动的问题,确定城里的工作以策应暴动、牵制反动武装为重点。乔心全将他已经制定好的扰乱敌人、牵制敌人的方案,向省委领导做了详细的汇报。王若飞同意乔心全的方案后,又对高文华的工作提出了具体要求,就是要动员党团员深入群众,宣传起义的意义,做到家喻户晓。高文华当即向组织表示坚决完成任务,又汇报了具体的行动计划。

"1927年秋，中共江苏省委贯彻八七会议决议，准备立即在江苏各地组织农民暴动。高文华协助乔心全组织城区交通队和宣传队，调查国民党驻军、警察、商团的人枪配备情况，并负责城乡间的联络工作。"（据《高文华烈士革命事迹及精神研究》）

高文华为了不折不扣地完成王若飞同志对暴动的宣传工作"做到家喻户晓"的任务要求，计划将全县大部分团员组织起来，分成十几个宣传小组，分头深入城乡各地，对广大群众进行宣讲。并要求各小组要将暴动的意义和当前减租结合起来，这样才能调动最广大的群众积极响应。他还自己亲自带队，通过张贴标语告示、密送通帖和发放公开信等形式，警告地主豪绅不得抬高粮价、物价，要减租减息。高文华还自编自印许多标语口号，如："盐卖五十钞，把你屋子烧！""稻卖两块八，哪块捉到哪块杀！"这些宣传立即就对地主豪绅和奸商产生了巨大的威慑力。此外，他还派出得力同志在无锡县城内的大街小巷张贴"打倒贪官污吏、土豪劣绅！""打倒蒋介石！""打倒国民党！""减半租，要生存！"等革命标语口号，大造革命舆论，使得反动派惊魂不定。

高文华的这些行动计划得到了王若飞等领导的充分肯定。

"1927年11月初，王若飞从上海来到无锡，检查暴动前的准备工作。杭果人汇报说：'现在群众已动起来，战斗情绪很高，农民武装编制就绪，可以说万事俱备，只等省委发布暴动的命令了。'王若飞听后高兴地站起来说：'很好。八七会议后，全国很多地方爆发了武装暴动，沉重地打击了蒋介石反动派，我们无锡也跟上了这个大好形势。我们一定要有信心，使其暴动成功。暴动时间可以定在11月9日之后！'王若飞和夏霖一起，在无锡县城堵家弄一号县委秘密机关，同县委委员乔心全、高文华、孙任先等开会，研究暴动开始时城内的策应工作。王若飞首先阐述了'小暴动汇成大暴动'的意义，指出城区工作应以策应暴动、牵制反动武装为主要任务，使敌人急于自保，不敢派兵下乡破坏暴动。乔心全、高文华提出将要采取的具体措施：先是组织人散发传单，张贴标语，在城里制造紧张气氛。暴动的当晚，派人破坏电缆造成停电，在空汽油桶里燃放鞭炮，以威胁敌人。王若飞对这些都表示同意，并指示要动员党员深入第一线，宣传暴动的意义。"（据《中共党史人物传：王若飞》）

当天晚上，高文华等人将王若飞护送到火车站，王若飞当夜返回上海，向江苏省委汇报无锡暴动的准备情况。

第七章
无锡暴动

1927年11月9日的凌晨，高文华指挥着无锡城里的共青团员骨干，分为几个小组开始行动了。每个小组两三个人，有的提着糨糊桶拿着刷子，有的抱着事先写好的标语传单，全都悄无声息地向无锡城各个街道奔去。与此同时，有关乡村的共青团员骨干也行动起来了。一夜之间，无锡城乡的大街小巷、村头巷尾，一下子被各式各样的标语贴遍了。"打倒贪官污吏，土豪劣绅！""打倒蒋介石！""打倒国民党反动派！""减半租，要生存！"，广大群众看到后喜笑颜开，而地主老财反动派却惊魂不定。 对此,《无锡起义》一文是这样记载当时情景的:"无锡城的大街小巷贴满了'打倒帝国主义!''打倒军阀!''打倒土豪劣绅!''建立苏维埃政权!'等红红绿绿的标语。"

也就在高文华他们宣传工作做到"家喻户晓"的同时,在无锡白丹山安镇大王庙门前的场地上,农民暴动誓师大会也正式开始了。

晚9时许,农民起义军会师于安镇大王庙广场,广场上飘扬着两面红旗,一面是党旗,一面是"无锡农民革命军"的军旗。 有2000多个农民站列在广场上,他们都是从四村八乡赶来的农民协会会员,有的拿着土枪、大刀、铁叉、棍棒,还有的扛着各种农具,他们一起从四面八方前来示威。 一时间,广场上民众万人,声势浩大,红旗飘飘,人声鼎沸。 他们还一齐高唱起《农友歌》,抒发着这些暴动农民内心的战斗激情:

"霹雳一声震乾坤,打倒土豪和劣绅,往日穷人矮三寸,如今是顶天立地的人,天下的农友要翻身……"

"11月9日,南延市、泰伯市有100位农协会员组成的破路队,由陈枕白组织,于黄昏时分到南石园集合。 北上、北下两地组成的第一路军500多人也陆续到达南石园。 陈枕白与钱子祥一同到达安镇大王庙。 晚上9时,周正祥、朱鼎宝、朱隆昌等人把队伍带到安镇大王庙场上,参加暴动誓师大会。 大会由农民革命军的一位参谋主持,司令杭果人讲话。"(据《红旗卷起农奴戟》)

会议宣布无锡农民革命军在白丹山成立,杭果人任总司令,无锡县农民委员会也设在白丹山紫阳宗祠,严朴任委员长。

杭果人在大会上进行了慷慨激昂的演讲,控诉国民党反动派和土豪劣绅的罪恶,阐明了共产党和穷苦大众一条心,极大地鼓舞了群众的革命热情,示威群众还当众撕毁国民党的青天白日旗。

无锡农民革命军总司令部又发布命令:"本军决定11月9日晚上9时起,发动全军起义,各路革命军须遵照原定计划发动起义,其各毋违。"同时颁布了由总司令杭果人签署的《无锡农民革命军布告》《无锡农民革命军临时军法军律》，颁布了由委员长严朴签署的《无锡农民革命委员会布告》，宣布即日起农民革命委员会正式行使权力。县农民革命委员会还发表《农民革命宣言》和《农民革命委员会告民众书》等文件，号召广大农民群众团结起来实行土地革命。

杭果人宣布暴动正式开始，2000余名参加暴动的农协会骨干，每人发了一根半寸宽、一尺多长的红布条，一律系在脖子上做标记。暴动的队伍高举着五角星、斧头、镰刀图案组成的鲜红旗帜，准备向各自的攻击目标出发。

杭果人命令暴动部队兵分五路向原定的目标进攻！

参加无锡暴动的农民革命军划分为五路军：第一路军为北上、北下两乡的农协会员，其领导人是周正祥、朱鼎宝、朱隆昌、陈秀峰等；第二路军为怀上、怀下两市（张泾、安镇等地）的农协会员，其领导人是钱志义、周晋法、包大元、包小元、钱志祥等；第三路军为天上、天下两市（堰桥、八士等地），其领导人是王钧、朱若愚、过剑平等；第四路军为南延市农协会员，第五路军为景云市农协会员，第四、五路军的任务是破坏铁路交通。

誓师大会开了一整夜，一直到拂晓时才宣告结束，全体暴动队员开始行动。大家高唱着在白丹山地区流传的一首民谣："白丹山、山不高，白丹山上红旗飘，山下出了个朱鼎宝，领导我俚打土豪。农民见了赛爹娘，地主见了当阎王。"大家一边意气风发唱着一边浩浩荡荡地出发了。

"是日晚9时，东北乡万余农民群众佩戴红布领巾，手持锄头、铁棍、大刀、鸟枪、木棒等武器，以农军红旗为先导，分路向指定地点集中，举行声势浩大的武装起义。总司令杭果人率领太平桥以西、九里桥以东地区的农民2000余人，从钱家巷出发，向安镇、泽上两地进攻。农军总司令部按预定方案进驻安镇东街三善堂，安镇上空飘扬起农军的大旗。朱鼎宝率领白丹山周边500多农会会员组成的第一路军在白丹山燃起火把，手执长矛、大刀、标枪等冲向石埭桥、秦水渠村庄，烧毁地主田契、租簿、账册等，并将地主粮食分给贫苦农民。其余四路农民革命军约 3000 余人同时在安镇等地举行秋收暴动。"（据《无锡起义》）

第一路农民革命军高举"北下乡农民协会""北上乡农民协会"等旗帜，浩浩荡荡向地主集中的村庄秦水渠进发，沿途农民纷纷加入，到达秦水渠时，大地主已闻风而逃，只有几个没能逃跑的。他们交出的租簿账册田契和大斛斗秤等收租工具，全被堆在空场上付之一炬。粮仓里的米麦、稻谷分给农民，抄获的浮财上交农民协会，抓获的地主，态度较好的释放回去，但勒令他们不得擅自离家出走。平时作恶多端的，则监禁在农会，择日公审。第二、三路军从安镇出发，分别向东湖塘、廊下、严家桥、羊尖一带进军，所到之处，大村小巷青年农民自动参加队伍，队伍浩浩荡荡，大小地主无不闻风丧胆，农民革命军威震锡东大地。

与此同时，高文华在无锡城里，按照暴动计划组织城乡的共青团骨干，一起行动配合东北乡的暴动。"在城区中共党员和共青团员积极行动起来，在夜间张贴大量标语、制造断电事故，以扩大农民暴动的政治影响。同时，乔心全又派人通知新安、洛社、周径巷、钱桥等地农协会组织，设法破坏铁路及焚烧地主粮仓，以策应东北乡农民暴动。高文华按照县委的布置，积极部署钱桥、藕塘桥、洛社一带的暴动，以配合东北乡的农民起义。"（据《高文华传》）当夜，高文华还和几个骨干一起在城里放起了鞭炮，吓得许多财主不敢出门。

高文华组织洛社等乡村农民协会找当地地主批斗，要求地主减租减息。广大农民看到能够斗倒地主翻身，纷纷要求加入农民协会，在"一切权力归农会"的口号下，农会组织取代了各乡村原有的地主政权，农民们闯入祠堂、寺庙，捣毁神像、牌位，破除封建迷信和宗法观念。在农会的统一号令之下，各乡村由农会主持召开大会，斗争土豪劣绅大地主，并将他们戴上纸糊的高帽子游乡示众。

高文华组织的这些农民斗争，有力地配合了安镇的农民暴动。

11月12日，高文华从隐蔽住所出来，正在无锡的大街上匆匆忙忙地往前走。他要去县委秘密机关所在地堵家弄寻找乔心全他们，他还不知道乔心全他们现在的情况，刚走到街头就看到前面有一队人马向岸桥弄的方向奔过去。高文华十分警觉，再定睛看时，认出这队人马全都穿着黑色的制服、腰挂盒子枪或是扛着长枪的军警。他沉着冷静地尾随着敌人，一路走过去。敌人果然来到岸桥弄堂口，一个军警向行人打听高文华家的位置。高文华知道这些军警就是来抓自己的，肯定是县委秘密机关那边发生了意外，看来自己的身份已暴露了，否则敌人也不会找到自己家里的。想到这里，高文华当即隐藏在自家对面的树丛中，两眼密切地注视着自家的动静。

片刻过后，还没容高文华多想，那队军警就已经气势汹汹地来到自家的门口，其中有一个警察用大皮鞋一脚将高家的木门给踢开了，随即就听到父母弟妹的一阵哭喊。高文华的心提到了嗓门口，难道敌人抓不到自己，会抓自己的家人？正在担心之际，果然看到两个警察将自己的父亲高汝璜五花大绑地从家里押了出来，母亲正用尽全力拼命地抱着父亲的腿不肯放手，接着就放声大哭起来了，弟妹们也跟着哭着喊着。几个警察一齐将母亲推倒在地，另有两个警察还从家里拿走了一批高文华的用品。

这时，高文华的内心充满了对敌人的仇恨和对家人的愧疚，两只眼睛里冒着怒火。接着，一股担心忧虑的情绪充斥着他的心，他明白这次暴动肯定是失败了。

确实，无锡暴动到了第二天就失败了。当暴动刚刚开始的时候，农民革命军里就有人向地主告密，使暴动"在暴动前不慎走漏了风声"（据《无锡起义》），接着，许多参加暴动的人看到农民革命军没有武器，又有人开小差临阵脱逃。这样一来，敌人接到密报之后，自然有所防范，农民革命军预定夺取安镇、严家桥、羊尖等地商团枪械的计划全都没有实现。此外，暴动之后五路农民军之间又没法联络，各自为政，各路农民军失去控制，最后总司令部根本无法指挥。而进驻安镇的农民军一部连夜去破坏铁路，结果又因为两手空空，没有工具、炸药，也没有成功。 所有这些，导致农民革命军情绪低落，天还没亮就自行解散了。 一直到10日黎明的时候，驻在安镇三善堂的农民革命军司令部里，只剩下几个骨干分子急得团团转，和上级、和各路农民军全都失去了联系，根本没法组织力量进攻县城了。 在这种情况下，总司令部只得下达了各路农民军"群众分散，停止暴动"的命令，总司令部里的几个人也撤往无锡、江阴、常熟三县交界的顾山地区，杭果人与徐文雅等人辗转返回上海，向江苏省委汇报去了。

杭果人在向江苏省委汇报这次暴动失败的原因时总结说："一、事前走漏了风声，使敌人有所戒备；二、农民革命军预定夺取安镇、严家桥、羊尖等地商团枪械的计划未能实现；三、各路农民军之间没有完善的联络手段，各自为政，不能协同作战，暴动后农民军很快失去控制；四、第四、五路军驰走20公里去破坏铁路，因缺乏工具和炸药，未能奏效，以致破路队情绪低落，和其他几路农民军一样，当夜就自行解散了，到翌日黎明，驻在安镇三善堂总司令部仅剩下少数几位骨干；五、国民党政府正急调一个营的中央军来锡进剿农民军，江阴、常熟等地的国民党军警一起合击农民革命军，农民军面对数倍于己的敌人，寡不敌众，而且敌人有机枪等精良武器，农民军只有大刀长矛等冷兵器，秋收暴动终于失败了。"

与此同时，敌人因为事先得到情报，得以迅速派兵镇压。"得到无锡农民暴动的消息后，国民党无锡军政当局大为震惊，先后三次调集军队下乡，进行大规模镇压，在城乡实行严重的白色恐怖。"（同上）11月9日农民暴动当天深夜，无锡县长俞复、县公安局局长宋静庭一起匆匆忙忙赶到圣公会，向驻扎在那里的国民党第十三军第一师师长报告，请求派兵下乡镇压。 第二天清晨6时，特务营一连、县公安局侦缉队一起从县城出发，向安镇等地急行军，驻扎于严家桥等地。 11日，师属工兵团一营四连又增兵下乡，驻扎在东亭等地。 接着，县警察队、县保安队也尾随下乡，进驻安镇等地。 国民党重兵下乡之后，就立即展开了对共产党员及农民协会干部的搜捕。只是农民军早已自行分散，敌我双方并未发生任何战事，下乡的敌人仅仅收缴到一些农民革命军暴动时用的农具器械和几面旗帜。

"秋收暴动失败后，国民党反动派和地痞流氓、土豪劣绅对共产党人和农会会员疯狂反扑，血腥镇压，一片白色恐怖。1927年11月17日，无锡县当局派大批军警到南石园，逮捕嫌疑分子13名；18日县侦缉队长倪谷生带领警察20名，在东园杨家庄挨家挨户搜查，又逮捕嫌疑分子9名；1928年4月3日，国民党政府发布通缉令悬赏缉拿'共匪'首领，通缉令上写着'为悬赏缉拿事，查严朴、杭果人、周桢祥、朱鼎宝等聚众暴动，纵火枪杀，扰乱地方，惨无人道，实属罪大恶极，前迭奉令通缉，迄久未能捕获，兹特悬立赏格，布后周知……'通缉令还写明赏金：严朴、杭果人各一千元（大洋），周桢祥、朱鼎宝各五百元（大洋）、蔡英章二百元（大洋）。"（据《红旗卷起农奴戟》）

就这样，在无锡城里敌人很快就抓到了共产党人夏霖、乔心全等骨干成员，接着高文华的身份又彻底暴露了。"11月11日，省委又派出夏霖及军事人员段炎华两人到无锡，实地了解农民暴动详情。此时，在城区的县委委员孙翔风、乔心全等人也因与东北乡失去联络，特派李汀臣、陈锡麟两人去安镇一带了解情况。夏霖等人到堵家弄县委机关时，李、陈二人尚未返城。当天晚上，夏霖、段炎华、孙翔风、乔心全等人正在小阁楼上开会研究情况时，国民党无锡县公安局第一分局局长高崇山率领武装警察多人破门而入，当场拘捕夏霖、段炎华、孙翔风、乔心全等六人。中共无锡县委机关遭到破坏。由于堵家弄事件，高文华的真实身份暴露了，得立即转移。次日，国民党军警闯进了高家，见到高文华不在家，就抓走高文华父亲高汝璜做人质，还威胁说抓不到高文华就不放人。他们翻箱倒柜，抢走了高文华从部队带回的一件呢军上衣和一支钢笔，自然也没放过家里仅有的一点钱。"（据《高文华传》）

这次，高文华因为没有回家而躲过了一劫。

11月13日下午3时，无锡城南校场上人头攒动，国民党县政府布下重兵，如临大敌，广场到处都是荷枪实弹的军警，血腥味十足。 广场上簇拥着数千市民，大家全都想亲眼看看这几个共产党员的模样。高文华和两个同志也挤在人群里面，踮起脚尖向校场的主席台上张望，只见无锡县长俞复、国民党驻军第十三军第一师师长陈某、县公安局局长宋静庭等人表情严肃地坐在台上，夏霖、乔心全、孙选、张杏春、邵杏泉、严寿鹤等七名共产党人被一队凶神恶煞的宪兵押解着来到了主席台前。 高文华他们站得很远，却能看到七个同志全都被打得遍体鳞伤，夏霖和乔心全已经不能走路了，是被两个宪兵架着双臂硬拖上台来的。 高文华将两只手紧紧地攥成了拳头，手心里都攥出汗来了。 他真想冲上前去解救自己的战友，却被两个同志死死地拽着，他们劝他说这样根本救不出同志，自己肯定也会搭进去的。

　　这七位朝夕相处，共同战斗的同志，这时的平均年龄只有二十几岁，最大的也不过30岁，最小的尚未满20岁。 他们为了全中国的老百姓能过上好日子，为了无锡农村的广大农民能减半租，今天就要牺牲自己的性命。

　　高文华知道，夏霖同志是丹阳人，是中国革命的先驱，丹阳最早一批共产党员之一，历任中共丹阳独立支部书记、丹阳县委第一任书记、江苏省委委员兼巡视员。 他是在1925年由恽代英、侯绍裘介绍加入中国共产党的。 在中共"八七会议"后，夏霖调任江苏省委委员、巡视员，奔波于江南各地，组织农民武装暴动。 1927年10月，他来到无锡领导农民武装暴动。 11月1日，他在宜兴首先举行了声势浩大的农民暴动，打响了江南秋收起义的第一枪。 7日，夏霖陪同省委农委书记王若飞来到无锡，亲自检查无锡起义的准备工作。 9日，夏霖在无锡东北乡组织数千名农民起义，不到两个小时就占领了十几个村镇，镇压了恶霸地主。 他是中共江苏省委的一位重要领导者。

　　和高文华最熟悉，也是一起并肩战斗的是乔心全（1905—1927）。他是四川人，也是中共的早期党员，1927年8月来无锡后和高文华等同志一起做艰苦细致的工作，使无锡的党团组织得到了恢复。 10月中旬，无锡暴动准备时，分工由他负责交通队、宣传队，收集敌方军事设施、装备等情报。 11月9日，他参与指挥无锡东北乡农民的革命暴动，迅速攻占13个村镇，散传单、贴标语，使反动派惶恐不安。 高文华经常和他吃在一起住在一起，一直将他视为兄弟。

高文华认识王津民不到半年，可对他的为人十分钦佩。 王津民不是他的真名，他原名叫孙逊群，后又改名叫孙选。 王津民是他在无锡工作期间的化名。 他于1897年1月出生于江阴县中兴乡大德村（今属张家港市）一个贫苦的农民家庭。 1925年5月在上海加入中国共产党，并任中共江阴支部书记（改名孙选）。 1926年9月以江苏省农民运动特派员身份在江阴从事农民运动。 在蒋介石发动"四一二"反革命政变后，他转移至无锡，化名王津民，7月担任中共无锡县委组织委员，9月任中共无锡县委书记。 10月中旬，中共江苏省委特派员夏霖和县委成员在安镇钱埂上召开秋收起义的筹备会议，安排他在城区组织工人赤卫队，策应暴动。 王津民的年龄比高文华整整大了10岁，是高文华十分敬重的领导人。

自然，高文华当时对这七位同志被捕的详细经过并不十分了解，只是猜测肯定是敌人找到了中共无锡县委的秘密机关了，否则也不可能将这七位重要人物一起抓了的。

原来，在11日下午，夏霖、乔心全等七位同志在城里的一间工棚，正举行紧急会议时，"他们的行踪被叛徒出卖，突遭县公安局警察包围不幸被捕。"（据《遭叛徒出卖头颅被挂在无锡光复门示众》）夏霖面对敌人的酷刑，临危不惧，从容对敌，被打断了腿骨，也未说出党的任何秘密。 乔心全被捕后，化名张子庭，因是中共地方组织负责人，作为"重犯"；夏霖等人先未暴露身份，后被一马夫指认，也被判为"重罪"；王津民任凭敌人百般威逼利诱，除坦然承认是共产党员外，其余一字不吐，始终严守党的机密。 由于敌人知道了夏霖的身份，国民党江苏省民政厅当即密令无锡当局："迅予枭首示众。"

无锡县长俞复和公安局局长宋静庭，这两个人都是心毒手狠的角色，对乔心全、夏霖等 7 名共产党员的处置，根本不需要经过司法程序就"迅予枭首"。

几个月后又"迅予枭首"，杀害了一批共产党人，其中有一位名叫周正祥（又名周桢祥）。他于 1893 年出生，是无锡东园大巷上人，1926 年加入中国共产党，担任中共无锡县北下乡区委书记，参加领导秋收暴动。他于 1928 年 5 月 8 日，在无锡火车站英勇就义前，舌头都被割掉，仍然顽强地高呼"共产党万岁"。与周正祥一起英勇就义的还有年仅 18 岁的周阿泉。

这就是共产党人为了真理而前仆后继的牺牲精神。

1927 年 11 月 13 日下午，国民党当局将乔心全、夏霖、王津民等 7 人押赴刑场杀害。穷凶极恶的敌人要用砍头示众来威逼，可这七个共产党员面对刽子手的屠刀时，在夏霖的带领下高呼："共产党万岁！"临刑之前，7 个人一齐高呼"共产党万岁！""共产主义万岁！""打倒反动派！"。他们被杀害后，敌人又将他们头颅悬挂城门。牺牲时，夏霖年仅 32 岁，王津民时年 30 岁，乔心全时年 22 岁。

当时《锡报》载："夏霖态度最为从容，……就刑时最为强硬，挺身伸颈，毫无畏色，刀下高呼'共产党万岁'等口号。"残暴的敌人妄图将 7 位烈士的首级分悬各处，示众三天，以此来威吓群众。

革命烈士的一腔腔热血洒在了刑场上，革命同志的头颅被高悬在城门上，广大群众虽然敢怒不敢言，可是心里全都在暗暗地钦佩共产党人的坚贞不屈，许多人暗自垂泪。

"1927 年底至 1928 年底，无锡国民党杀害共产党人和农运分子达 109 人，入狱者 415 人。其中中共党员牺牲 75 人，被关押入狱，受尽折磨 183 人，就梅村镇被国民党当局捕杀的达 34 人。"（据《红旗卷起农奴戟》）

高文华看着自己的战友一个一个地倒下去了，将牙咬得咯吱咯吱地响，发誓要为死去的战友报仇雪恨，眼泪再也止不住奔流而下。 同志们牺牲时高呼着口号,一颗颗头颅被大刀砍下血溅四处的情景,在他的脑海里久久不能消失。

无锡整个县城到处都张贴着通缉高文华等共产党人的布告,敌人的巡逻队也在城里不停地查询,可敌人一连找了多日也没能找到高文华的踪影。 敌人便开始扩大抓捕的范围,无锡县城周边乡村也贴出了通缉令。

高文华这些日子一直隐蔽在一个同志的家里,只是外面风声鹤唳,自己必须寻机离开县城,而此时组织又派人来传达了共青团省委的决定,让高文华接替乔心全同志的工作,担任无锡县团委书记,并且明确指示高文华要迅速转移到敌人力量相对薄弱的农村开展工作。于是,高文华决定一定要混出城去。

这些天,整个无锡县城被敌人闹得天翻地覆,鸡犬不宁。 高文华去城门口侦察敌情,发现虽已到傍晚时分,但敌人还没有封住城门不让人进出。 高文华分析敌人白天忙乎了一整天,到了晚上肯定比较疲惫,只有选择傍晚出城,似乎要相对安全一些。

高文华是无锡城里人,许多人都认识他,因此他认为自己必须化装才有可能有混出城去。 就这样,他化装成一个40岁左右的中年人,像是进城买货的小买卖人,到了傍晚挑着两筐杂货向城门口走去。

守卫城门的警察一眼看到了高文华,因为天色已晚,高文华的化装居然没让守卫看出来,警察还以为是一个40岁的中年人,并不是通缉令上的只有20岁的高文华。

这时,守卫警察铁青着脸问:"叫什么名字?" "老总,我叫程清。"高文华说的是自己的化名。 守卫看了又看"程清",只见他长了一副八字胡,头戴一顶破草帽,干巴巴的弱不禁风,根本看不出像是共产党模样,也就将手一挥放行了。 高文华赶紧挑着货担从城门出去,一溜烟地往洛社方向奔去。

这个洛社是个不小的集镇,位于无锡市的西北方向,距无锡城大约12公里,洛社镇东接无锡,西临常州。从洛社再往北几里路,就到了高文华的目的地端楷桥小学了。

高文华一连走了20多里路,全身早已是大汗淋漓了,只是他不敢将唇上的假胡须揭下来,他走过几个村口都看到有通缉令。

一直走了半夜,才到了端楷桥小学的门口,一阵敲门之后,是校长宿文渊开了门,他见到一个中年汉子来访,一下子还没认出高文华来,等进了门高文华将胡须揭去,这才知道是团县委书记来了。两人自然是一番寒暄,又细细地研究了当前的残酷斗争形势,到天亮,高文华才得以休息。

这个宿文渊是端楷桥小学的校长,也是无锡县共青团的骨干团员,一直在这所小学潜伏工作,到现在也没有暴露。因此,经上级同意,高文华化名程清,来到这里做小学教员,开展党团组织的恢复活动,确实是他经过再三考虑之后才做出的决定。

"1927年11月,有名的东北乡暴动失败,共青团无锡县委书记乔心全同志牺牲,经共青团省委决定他继任乔心全同志的工作。不久,他发现有敌人跟踪,经请求组织同意,转入农村,化名程清。在洛社北之端楷桥小学建立了基点。"(据《不死的青春》)

从此,高文华白天在端楷桥小学就是小学教员,为学生上课,夜晚则为当地农民创办夜校,为农民上课,宣传革命真理。时常化装进城购买一些油印传单的器材。

对于高文华而言,他这个阶段最大心愿就是继承革命先烈的遗志,完成烈士们未竟的事业。夏霖、乔心全他们是因为从事农民运动而牺牲的,高文华也是从农民运动入手,将抗租斗争进行到底。他首先利用学校的优势,在端楷桥小学创办农民夜校,不只是教农民识字,更重要的是启发农民的阶级觉悟,唤起农民和地主阶级做坚决的斗争。

"夜校的规模逐步扩大,由十几人增加到六七十人,成员有附近各村的农民,也有'四一二'反革命政变之后在上海待不住而回乡来的工人。 当时,给夜校上课的除高文华外,还有薛光楣、张兰舫等人。高文华组织团员、青年开办农民夜校,发展农会组织,宣传土地革命。他常常冒着风雪严寒走东乡跑西村,有时在途中饿了就吃几口冷干粮,有时在半夜累了就在村边车棚里稍做休息。 高文华先和农民交朋友,入夜后教农民识字。 一个晚上教一个字,如'人''工''农',然后将每个字的意义进行讲解,启发农民的革命意识和行动。"(据《高文华传》)

洛社一带的农民都很贫穷,全都依靠租种地主家的田地过日子,可是这里的地主心太狠,全都用大斗进小斗出,剥削十分严重。 农民们走到洛社交租来回要走一二十里路,每次去交租时挑的是满担子,而回家就变得两手空空。 高文华便抓住阶级剥削这个关键点,在夜校里教育启发农民,提高广大农民的思想觉悟。 在思想教育的基础上,再去组织发动农民进行抗租、抗债、抗粮、抗捐、抗丁的"五抗",因而深受广大农民群众的支持和响应。

洛社是个大集镇,镇里有几个大地主。 几个地主也学习乡下农民协会,团结起来成立了征租处,一起强逼农民缴租。 根据这一新的情况,高文华在夜校召集大家议议,究竟怎样才能有效地对付这几个大地主。 他听到有的农民主张一直往下拖再说,有的农民主张去洛社和这几个大地主讲理,还有的农民主张去和这几个地主拼命。 农民们议论纷纷,你一言,我一语,一时也没有个主张,但是大家越议论就越愤怒,也就越感到自己不能坐以待毙。 高文华听了大家的讨论之后说:"地主都知道团结就是力量,我们农民也更应该知道团结就是力量!"然后,他又派几个共青团员分头到各村的农民群众中去活动,争取团结大多数佃农,一起团结起来抗租。

就这样一个多月下来,没有一个农民去洛社的征租处缴租。 如此一来,地主们急了,纠集了几十个警察乡丁,分头下乡去武装催租,威胁农民,再不缴租就要抓人。 高文华组织一批青年农民拿着各式农具,和地主乡丁发生了激烈的冲突。 在搏斗中,愤怒的群众打伤了几个乡丁和一名警察，余下的警察乡丁全都夹起尾巴溜走了。 高文华知道地主不会善罢甘休，便组织杨墅园、藕塘桥、稍塘桥、严家桥等十多个村农民一起行动，以农具、扁担为武器，从四乡八村涌到洛社镇上，一时怒潮澎湃，势不可当。 大家七手八脚一起焚烧地主的租簿账册，捣毁征租处。

这便是"五抗"斗争取得的第一场胜利。 接着，高文华又将"五抗"斗争向临近的村镇扩大。

1928年3月26日上午，地处无锡北郊的周山浜的国民党公安局的门口，走来一个长得干瘪、个头瘦小的中年男人，他的脸上压抑不住即将领到赏钱的喜悦。 走进公安局的大门之后就直奔局长办公室而去，他操着一口苏北口音，说有共党重要头目的情报要向局长报告。 局长一听说是早就悬赏缉捕的共党要犯高文华，当即组织全局的所有警力，在这个中年男人的带领下，直奔汤家桥而去。

这便是豫康纱厂的一个叛变的工会干部向敌人告密的情景。

这天一大早，高文华为了安全起见，还做了一番精心化装，将自己装扮成一个进城卖菜的农民，挑着两筐蔬菜，戴着一顶破草帽，一路走进城来。 他没料到刚刚走到汤家桥的一座民房时，就被这个工贼发现了。 这个家伙肯定认识高文华，否则也不会轻易地认出高文华的。

高文华挑着菜筐从火车站向北走了半个小时，就到了周山浜。 高文华是本地人，知道这里曾有三条被称为浜的小河，小河还可以行船。 所以，初开始的时候，这里叫作舟三浜，后来大概因为谐音，就演变成了周山浜。 这个地区因为地处无锡城北，从苏北过来的移民便在这里落脚谋生，大都只能靠体力赚钱，因此这个地方的条件十分艰苦。 因为周山浜是苏北人的聚居区，通行的方言便是苏北话了。 无锡当时最早成立工会组织的便有豫康纱厂，这个工贼就是工会里的一个投机分子。

不到半个小时工夫，这个工贼就已经带着一批警察，凶神恶煞地来到了汤家桥弄巷朱菊生家的那座破旧简易平房周围，很快就将这座平房团团包围起来了。此刻，高文华确实在这座平房里开会，而且并没有发觉敌人已经将自己包围。

高文华这次冒着生命危险进城，是为了向城里的党团组织传达中共无锡县委组织再次暴动的最新决定。

在无锡暴动失败之后，面对国民党反动派的白色恐怖，无锡的共产党人并没有屈服，而是采取各种方式坚持斗争，党团组织也得到了一定的恢复。当时在无锡城乡的群众中秘密流传的《十哭孙逊群》，就很能说明在国民党反动派的白色恐怖下，共产党人并没有被吓倒，广大群众也没有被吓倒。《十哭孙逊群》表达了广大群众对孙逊群（又名孙选，化名王津民）英勇牺牲的无限怀念："十哭逊群无完尸，挚友僚属奋抢尸。头颈早腐无法缝，裱布刷浆缠真丝……"广大群众的悲痛从这些唱词中清晰可见。

为了按照党的"八七会议"精神组织武装斗争，也为了给牺牲的同志报仇，完成他们未完成的事业，无锡县委决定再次组织武装暴动，这个计划很快就得到了江苏省委的批准。1928年1月1日，江苏省委研究制定了《江苏各县暴动计划》，将无锡的暴动方案也纳入这个计划之中。

这时，无锡党组织为了实施再次暴动计划，对高文华的工作进行了调整，为了充分发挥高文华从黄埔军校毕业，又参加过北伐战争，对武装斗争有着丰富经验的优势，决定调高文华专门负责这次暴动的组织领导工作，负责全县的军事武装斗争。

高文华接到新的任务之后，针对当时无锡国民党反动派的力量还比较强大，敌强我弱的具体情况，提出了在乡村进行游击骚扰战，专门打击那些少数穷凶极恶的为首分子，带领小股武装灵活机动地打击敌人，从而使国民党军队疲于奔命。这样一来，地主恶霸也就不敢像过去那样猖狂，各地的农民运动又轰轰烈烈地开展起来，农会也如雨后春笋一般在无锡各地建立起来了。

然而，安镇是无锡的一个大集镇，聚集着一批地主武装，形成了一个实力较大的反革命据点。对此，"在1928年3月，无锡党团组织召开联席会议，研究决定由高文华统一指挥，发动群众收缴东北乡安镇大地主反动武装的枪支，以扩大无锡农村的武装斗争。高文华接受会议的委托，赴上海向中共江苏省委汇报。返锡后，便将团县委机关从农村迁至城郊周山浜，以便开展城区工作来配合农村斗争，同时加强和中共无锡县委的联系。高文华奔走于城乡之间，忙于传达决议，发动群众，筹备武装，组织人马。"（据《高文华传》）

今天上午，高文华就是为了向城区的党团骨干，传达无锡县委的这一重要决定而来到周山浜汤家桥朱菊生家的。然而，他和同志们正在紧张地开会，并没有发现敌人已经将他们团团包围了。

在高文华的工作调整之后，无锡团县委书记一职由张兰舫接任。此时，高文华正和张兰舫、华成元等一批党团员，在共青团骨干朱菊生的家里，讨论消灭安镇地主武装的行动方案。

"1928年3月，中共无锡县委决定，消灭安镇反动地主武装，以壮大革命声势，进一步发动群众进行革命斗争，并派高文华至市区向党团组织传达这一决定，筹备人枪。当时党的联络地点设在周家浜汤家桥一所房子里。27日，天蒙蒙亮，他化装成一个农民，挑了两筐菜，来到联络点和当时团委委员华成元联系，不幸被敌人发觉，后被捕。"（据《不死的青春》）

这一天，天气仍然很冷，刮着六七级的大风，周家浜汤家桥的弄巷里突然尘土飞扬，刮起了一阵大风。这似乎是老天在给高文华的一个提醒。

此刻，那个可恶的工贼正在给周山浜公安局长指指画画，十几个警察全都将子弹推上了膛，静静地埋伏在弄堂口。他们已经布置好了抓捕行动计划，专等局长一声令下一齐冲进朱菊生的家。

虽然是春天，可风刮在人的身上还显得十分阴冷，弄堂口的一根电灯杆上的电线随着寒风发出阵阵怪叫。 时间便在一分一秒地过去，十几个警察全都在虎视眈眈地瞄准着前方。

这时，十分警觉的高文华突然听到门外有动静，就感觉有些不对劲，再从窗子里朝外张望，平时这里有一些小摊小贩的都不见了。 他立即十分警觉地走到门口，眼睛却注视着四周的动静，果然发现有几个警察。 高文华首先想到的是党的机密决不能泄漏，当机立断一边让同志们快撤，一边将一些重要的文件一口吞进了嘴里，然后就拼命地往肚里咽。

这时，已经有几个警察冲进来了，被高文华当头就是两拳，打得那个警察摔倒在地。 高文华看着另外几个同志已经冲出了弄堂，也想乘机往外冲，可是为时已晚了，一批警察一拥而上，将他和张兰舫等人死死按住，并对他们进行了搜身。

敌人没收了高文华身上的物品约50件，图书包括：《列宁主义概论》2本、《俄国革命运动史》1本、《农民问题》1本、《共产主义》1本、《反对世界大战》2本、《平凡》旬刊2本、《东方》杂志1本；日用品包括：中山装1件、短衫1件、手提藤包1只、单裤1条、单马裤1件、衬衫2件、运动帽1顶、铜表1只、自来水钢笔1支、铅笔1支。

高文华、张兰舫他们被敌人五花大绑起来，敌人在仔细搜查过现场之后，将他们押出了朱菊生的家，然后穿过汤家桥的弄堂口，向周山浜公安局走去。

这时，寒风还在拼命地刮着，天空早已是阴云密布。 周山浜的百姓顶着风围在弄堂口，就听到高文华面不改色心不跳地高声呼喊道："共产党人是抓不尽杀不绝的！"

第八章
惨遭酷刑

我是宝剑,
我是火花,
我愿生如闪电之耀亮,
我愿死如彗星之迅忽。

这是革命烈士高君宇(1896—1925)在临终前作的一首诗,也是高文华经常朗读的一首诗。高君宇于1921年就加入了中国共产党,1922年当选为中国社会主义青年团一届中央执行委员。后来,他受党的委托担任过孙中山的秘书。他只有29岁就为中国革命献出了生命。

因为高君宇是共青团中央的领导，又喜欢创作诗歌，所以高文华特别喜欢读他的诗作。因此，高文华在这次被捕受刑之后，一直背诵着他的这首诗作，来激励自己和战友们的斗志。

高文华被捕之后，先是关押在周山浜公安局，他们后来因为他是无锡县共产党的骨干，便被转送到了无锡县公安局，到那以后，就对高文华进行了审讯。

无锡县公安局现任局长叫丁用瀚，是黄埔军校的毕业生，和高文华又是同乡。他计划自己通过同学同乡的身份，和高文华套近乎，让高文华说出无锡共产党的机密。丁用瀚想通过高文华将无锡共产党一网打尽，自己也就有了升官发财的机会。

下午的审讯开始了。

高文华自报的姓名叫程清，年龄是20岁。

丁用瀚站在审讯室隔壁的窗子边，盯着审讯室里的高文华那一副书生模样，判断这样的犯人只要一吓就什么都会招供了。然而，几个打手对高文华威逼利诱了一个多小时，他连自己是共产党都不承认，真实姓名也都不说。

丁用瀚只得亲自走进审讯室和高文华见面，高文华这才知道自己已经隐瞒不了，可就是拒不招供。

丁用瀚说："你高文华知道的情报很多，身居无锡县团委书记之职，如果能招供，可以挖出无锡城里一大批共产党，特别是要招供出无锡农民委员会主任严朴。这样一来，你就是党国的功臣了，我作为你的老同学，肯定会为你请功的，你也会升官发财，有享不尽的荣华富贵！"

可是，高文华一点都不为之所动，反而斥责丁用瀚是甘当国民党反动派的一条走狗。丁用瀚恼羞成怒，命令打手开始用刑。

打手们先是拳打脚踢一顿，将高文华的牙齿打掉了两颗。可是，高文华坚决不肯招供。敌人开始给他的肚子里灌水，把肚子灌得鼓得很高很圆，然后就有人用脚在高文华的肚皮上将水踩出来，接着再往肚子里灌水。这样反复了好几个来回,结果高文华居然吭都没吭一声。敌人采取新酷刑,用筷子夹手指,两边两个身强力壮的打手,用力拉着绳,一齐用力用筷子夹着高文华的双手。只几分钟的时间,高文华双手的十根手指全都被夹断了,鲜血洒了一地。可高文华虽然疼得嗷嗷地叫喊,就是一字不招。后来,敌人一把抓起高文华的头发,把他从地上拉起来,让人架住,扒光了他的裤子,又把他吊起来。

这时,高文华全无惧色,破口大骂起来。

丁用瀚恶狠狠地说:"只要能让他开口,什么办法都能用!这是县长的命令!"他说完便命人搬来手摇野外电话机,把两根电线缠在高文华的两只手脖子上,命令给他过电。

高文华被吊在梁上,被电得一阵阵打挺,惨叫的声音让人头皮发麻,嘴里吐白沫。可是,停电后逼问他的时候,他还是一字不招。后来,打手们就把电线插到高文华的肛门里,通电之后他的大小便立即失禁,一下子昏死过去了。

直到这时,他们才把他解下来送回牢房。

第二天吃完晌饭,敌人又把高文华带到了审讯室。丁用瀚上来就命令扒他的衣服。高文华说:"住手!我自己会脱!"他说完就把自己脱光了,打手们一时被他的气势给镇住了。敌人把他捆在一根柱子上,用锥子刺高文华的全身,高文华开始的时候虽然疼得哆嗦,汗如雨下,但咬着嘴唇一声也不叫。后来,打手们把锥子拔出来,又从原处扎进去,疼得他还是不叫出声来。敌人看到高文华仍然不肯招供就急了,用钳子拔掉了他的所有手指甲,又拔掉所有脚指甲。高文华一连昏死过去好几次,每次被泼醒后都大骂:

"你们这些毫无人性的畜生!要名单没有,要头有一颗!"

以后的几天,敌人为了逼口供,用了极其惨无人道的办法残害高文华。一直到第八天,高文华被绑在卡车上赤身露体游街的时候,他的全身都被烙铁烧黑了,流着脓血,两条腿都被杠子压断,浑身让鞭子抽得一块好肉也没有。但高文华仍然沿途高呼革命口号,直到打手们把他的嘴堵了起来。

"高文华常常说，大丈夫要以改造中国为己任，要实现民族独立、人民解放和国家富强，最终实现共产主义的崇高理想。他信守了入党誓言，始终坚持了信仰至上、对党忠诚的可贵精神。高文华被捕后，敌人如获至宝，用尽了酷刑、利诱，但始终没有从他的口中得到中共和共青团的名单。在伪警察局中，敌人用夹棍、老虎凳、辣椒水等刑法，将高文华几次打得昏死过去，又用冷水泼醒过来。伪警察局长丁用瀚也是黄埔五期生，梦想用同学之情和高官厚禄来打动高文华，可是得到的回答却是要名单没有，要头有一颗。"（据雨花台革命烈士纪念馆资料）

敌人还是不死心，翻出花样来对高文华用刑。这天打手采用火刑，用火烤他的肚子、双腿、双臂，一直折腾到晚上，才又把高文华丢回了牢房。

无锡县公安局关押政治犯的牢房很小很暗也很肮脏，对于高文华这样的级别，是一个人一间，牢房只有一个小小的铁窗，在大白天将铁门关上，就是阴森森的一片，只能凭着耳朵听从其他牢房传来的叮叮当当的脚镣声。

被打得已经奄奄一息的高文华独自躺在牢房的湿地上，一丁点儿也不能动弹，稍微动一下全身都会一阵剧烈的疼痛。这一天，他一连经受了十几个小时的酷刑，一直到天晚才被打手们拖回了牢房，然后就昏睡了一夜，一直到第二天上午，才慢慢地清醒过来。

酷刑给他造成的剧烈疼痛遍布了他的全身，血水湿透了所有的衣裤。坐老虎凳将他手脚的关节全都扭断了。全身没有一处完好的地方，皮鞭抽打使他的皮肤撕裂，皮下充血水肿。经受火刑的烫烙，也使他的肚皮后背被烤焦了。他被灌了几次辣椒水，又使他全身五脏六腑感到一阵阵辣痛，发出一阵又一阵剧烈的咳嗽。经受三次电刑，更使他现在头脑充血、两眼发黑、小便带血。

高文华昏昏沉沉地躺在牢房的地上，脑海里却在不停地闪现着几个月前被敌人砍去了头颅的一个又一个同志的身影。这时,他便用低沉有力的声音唱起了《国际歌》,以此激励身边的战友和敌人进行最后的斗争:

> 这是最后的斗争,团结起来到明天,
> 英特纳雄耐尔就一定要实现!
> 这是最后的斗争,团结起来到明天,
> 英特纳雄耐尔就一定要实现!

这时,虽然是春天了,可是天还是非常地寒冷。

高文华没想到妈妈会去探监。当高文华听到狱卒高呼着自己的名字时,心里就产生一阵悸动,慢慢地抬起了头,朝铁窗口往外看,一下子愣住了。他看到了老妈妈迈着一双小脚,歪歪扭扭地走进了监狱。高文华的双眼被眼泪模糊起来了,眼前的老妈妈的头发已经白了,腰弯的像一棵老树,全身的衣服十分地破旧,一双小脚全都是泥垢,身旁还放着两只破麻布口袋,里面装的是带给儿子的衣服。

母子俩隔着铁窗对视了一会儿,妈妈的眼神从惊恐到哀伤,最后满含着泪水,十分颤抖地说:"我的儿啊,我得知你被抓了,别怪你爸心狠没来看你,你爸他又病倒了,不能走了……"高文华便发出撕心裂肺的一声长嚎:"爸,我对不起你呀,没能孝敬你呀……"接着"扑通"一声跪了下去,一个劲儿地用头撞地。

狱卒将牢门打开,让老妈妈进去,和儿子好好地谈谈。

高文华被捕关进了无锡县公安局之后,一个看守恰好是高文华家的邻居。他将高文华被捕的消息偷偷地告诉了高文华的父母。此时,高文华的父亲因为被抓进牢房里做人质,放出来后就病倒了,一直躺在床上不能起来。高文华的弟弟妹妹们都还小。他妈妈只得迈着一双小脚,一路走到了公安局来看望儿子。然而,到了公安局的门口却进不了大门,警察说不允许家属看望儿子,高文华妈妈只得在门口哭泣求情，到最后也无济于事。

这一天，丁用瀚居然主动让人带信，让高文华家人去探监。高文华的妈妈也就再次来到无锡县公安局的牢房。只是在进去见儿子之前，丁用瀚对高母说，只要能劝高文华迷途知返，交出无锡的共产党共青团的名单，就可以立即释放，还能被政府重用。丁用瀚还让高母给儿子下跪，求儿子自首变节，这样高文华肯定会听母亲话的。然而，高母却对丁用瀚说："你们知道高文华是我的儿子，可是我不能为了我自己的儿子而出卖许多别人的儿子！更何况我的儿子也不会听我的！"就在这种情况下，高母才和高文华在监狱里见了一面。

高母虽然是个家庭妇女，但她是一个识大体顾大局的人，对于高文华的革命事业一直积极支持。所以，敌人想通过她去说服儿子变节投降，她自然是不可能答应的。

高母是个典型的江南妇女长相，在高文华的妹妹高福珍家的客厅里挂着一幅照片，就是高文华母子的合影，照片中的高文华刚刚15岁，一脸的英气，正是从那时起，高文华立志要改变旧社会穷人受压迫的命运。旁边，烈士的母亲慈眉善目，透着江南女子特有的温婉。可是，就是这样一个看起来有些柔弱的女子，在儿子被捕入狱时，面对敌人的诱降与逼问，表现出了无与伦比的坚韧。

据《近百封信和一个皮箱的故事》一文介绍："在高忆清（注：高文华的外甥女）眼里，外婆（高文华母亲）是位境界很高的人。她记得很清楚，1949年4月无锡解放时，那天天刚亮，外婆就叫她起来，对她说，'你快来看看，你舅舅的那些朋友都打过来了。'那时，我还是七八岁的孩子，看到解放军高兴极了，跑过去就围着他们一边笑一边看。高忆清说，母亲给她起这个名字，是为了纪念化名'程清'开展革命斗争的舅舅高文华，为了纪念烈士，不但她随母姓，她的儿子和孙子也姓高。"这段话足以说明高文华母亲的高贵品德了。

这时，在牢房里，高文华和老妈妈紧紧地抱在了一起，泪水在无声地流淌。过了好一会儿，高文华问道："娘，你咋知道我关在这里的呀？"老娘用手慢慢地抚摸着儿子脸上和手上的刑伤，长长地叹了口气，告诉他说："孩子，是你同学托人捎的信，他让我来看看你，和你说说，能想法子把你救出去。可是，孩子，娘没有答应他……你在里边吃了不少苦头吧？"母亲说着，眼泪又流了出来。高文华用手给她擦着脸上的泪水，自己的泪水也禁不住流了下来。

妈妈说着从那个破布口袋里掏出一件衣服递给了儿子。这时，看守在外面敲着门，厉声地催着："快点！快点！"高文华紧紧拉着妈妈的手："娘，你再别来看我了，太危险啊，你以后要是能看到党里的人，就告诉他们，我就是被砍头了也不会交出组织的名单！"高文华妈妈哭着说："孩子，娘知道，娘知道啊！"

他们娘儿俩又抱在了一起，妈妈用袖头捂着眼睛，在看守的拉扯下，离开了牢房。妈妈走了，是生离，还是死别，没有人能够知道。

丁用瀚见高文华妈妈没起到任何作用，便对高母威胁说："现在你的儿子是完了，你家里还有女儿呢！"丁用瀚又想用高文华的妹妹来威胁。高文华妈妈回家之后，立即让高文华的妹妹们全都躲到了堂舅舅家里，这才躲过了一劫。

天黑了，高文华把妈妈送给自己的衣服紧紧地贴在自己的心口上，感到自己对不起父母家人，眼泪再次夺眶而下。

"对党忠诚信仰是共产党人的底色，作为雨花台英烈之一，高文华是一名坚定的马克思主义者，他以改造中国为己任，为实现民族独立、人民解放和国家富强，最终实现共产主义的崇高理想，坚定执着、义无反顾、勇于牺牲。立志要做'使天下穷苦人将来吃饱穿暖的事'。面对敌人的威逼利诱、严刑拷打及以亲人性命的威胁，为了党和同志们的安全，誓死不屈，发出'要头有，要名单没有'的怒吼。到入狱后运用所有能够运用的方式坚持奋斗、帮助难友，同敌人进行坚决的斗争，直到生命的最后一刻。作为一名中国共产党党员、一名坚定的共产主义战士，高文华信守了他的入党誓言，始终坚持了信仰至上、对党忠诚的可贵精神。"（据《高文华烈士革命事迹及精神研

究》)

这一天晚上，高文华再次苏醒过来的时候，发现自己已经换了刑讯的地方，被绑在了木架上，自己的双臂被反绑着吊在木架上面。有两个打手正在用力地拉着绳索，将自己高高地吊挂在木梁上面。接着，打手们就开始对他进行新的酷刑了。

这一天晚上，高文华被移交到无锡县政府，这里是县政府的"清党"审讯室。

这时，一个打手拿来一只装满了辣椒水的木桶，然后用一根橡皮管子，插入高文华嘴里输送辣椒水。一阵火辣的强烈刺激味便猛烈地袭击了高文华的心肺，使他一下子呛得猛烈地咳嗽起来了，他感到自己的全身都辣痛难忍。片刻之后，高文华的身体就像一摊泥似的瘫倒下去，可他的双臂被紧紧地绑在木梁上，使他的身体无法着地。迷迷糊糊之中，他睁开眼睛看到正在指挥刑讯的"清党"委员会头子仲哲，只说了一句话："要名单没有，要头有一颗……"话还没说完就再次昏死过去了。

这时，无锡的国民党县政府和县党部"清党"委员会的头头都已经换了人，新官上任也就全都想干出"政绩"来向上邀功。高文华在这种情况下被捕，敌人邀功心切对高文华使用的酷刑也就更加地残忍。

1928年3月20日，秦毓鎏再次担任国民党无锡县政府县长。这个秦毓鎏是无锡当地人，这年已经40多岁，是个资深政治家。他于1901年考入江南水师学堂，1902年东渡日本留学，并组织青年会，以民族主义为宗旨宣传革命。1903年江苏同乡会发行《江苏》杂志任总编辑，1904年赴湖南与黄兴等在长沙成立华兴会，被举为副会长。1911年11月在无锡发动起义，成立无锡军政分府。南京临时政府成立后，他担任总统府秘书。二次革命期间与黄兴等起兵讨伐袁世凯。1924年中国国民党改组，成立江苏党部时任执行委员。这次他因为生病而被派回家乡担任县长。

接着，国民党江苏省党部又向无锡下派了"清党"指导委员，和秦毓鎏一前一后到无锡就任。"从民国十七年（1928）4月17日，江苏省党务指导委员会召开第一次党务会议开始，江苏省党部向无锡县党部下派了7名'清党'指委：仲哲、姚洪治、傅伯亮、周风竞、钮长铸、何续友、潘国俊，专门负责指导督查无锡的'清党'运动。"（据《"清党"运动》）

高文华于1925年加入中国共产党，在考取黄埔军校的时候按照入学的要求而加入了国民党。在"四一二"政变之后，他回到无锡时还是以国民党党员为公开身份。因此，这次被捕之后，国民党无锡县党部"清党"委员会自然将他作为"清党"的重要对象了，再加上无锡县政府、县党部的头头们为了邀功请赏，所以一致决定将高文华移送到无锡县政府的"清党"委员会来审讯。据《高文华传》记载："丁用瀚对高文华施尽了酷刑，用尽了毒计，都没有得到他想要的口供。在坚强的共产党人面前，敌人束手无策了。此时，国民党无锡县政府也想以抓捕高文华等人的案子立功，因此令县公安局把高文华等移交出去。高文华、张兰舫等被移交给了国民党无锡县政府。"

这便是使高文华经受更为残酷的拷打的原因了。

"1927年5月5日，蒋介石在国民党中央党部成立'清党'委员会，江苏省党部及各县党部亦成立'清党'委员会。在'清党'委员会的领导下，江苏全省率先开展大规模的'清党'运动，许多党部中的共产党员及国民党左派人士被逮捕、杀害、清除。据中国社科院王奇生统计，民国十六年（1927）江苏在'四一二'政变后的'清党'运动中，被逮捕的有5657人，被杀害的有1836人。这些被清出党的人员除中共党员外，还包括大批被诬指为中共党员的国民党左派以及其他社会人士。1928年通过'清党'，江苏各地共逮捕1678人，杀害481人。"（据《"清党"时期》）

面对这样险峻恶劣的形势，高文华早已做好了随时牺牲自己性命的准备。 当他被押解到无锡县政府的审讯室门前时,他就听到审讯室里发出的一阵阵凄厉悲惨的叫声。 他对身边一起被捕的同志说:"我们将面临异常残酷的斗争,敌人虽丧心病狂,但刑罚决不能在我们身上获得什么!"

果然不出高文华的预料,这次县政府的审讯,比起在县公安局而言,刑法更重更残酷了。 敌人首先拿高文华开刀,两个打手将他推推搡搡地带到了审讯室,就开始恶狠狠地摧残着他的肉体,一直到将他几次打昏过去,用冷水泼几次也没能苏醒过来,这才作罢,将他已经毫无知觉的身体拖出了审讯室。

这天高文华"过堂"被八种酷刑连用,一种叫"水落石出",打手以水灌肚,即使高文华肚胀如鼓,仍然不停地灌注,并且用出大力压打高文华的肚皮,又用穿着皮鞋的脚用力践踏高文华的肚皮,使他呕吐出水来,然后再灌水下去,最终使高文华七孔流水,痛苦不堪;第二种叫"凤凰展翅",打手缚牢高文华的拇指,在大杠上吊挂起来,全身的重量全都集中在两只拇指上,使他的全身筋骨随之断裂;第三种叫"粉身图报",打手用铁锥把高文华的关节一个一个地击碎;第四种叫"如雷贯耳",打手用炮竹放在高文华的耳边,然后引爆,使高文华两只耳朵血流如注;第五种叫"仙人指路",打手用铁钳将高文华的手指甲脚指甲一一地扯脱;第六种叫"金睛火眼",打手用浓烟熏向高文华的双眼,片刻过后他的双眼变得一片漆黑;第七种叫"炸天妇萝"。 打手用烧热的油淋向高文华的双手;第八种叫"不齿下问",打手将高文华的牙齿逐一敲脱扯落。 高文华经历这八种刑法早已昏死过去了。

当打手们将高文华抬出刑讯室的时候,他完全失去了知觉,是被架着两只手臂,硬是将他拖到了牢房。 他的双脚也被钉上了沉重的铁镣,双手戴着铁手铐。 他被打手重重地摔在了牢房冰冷的地上,浑身是血,一动也不能动弹。

他的鲜血沿着他的身体往下不时地流淌着,很快他身边的地面就流了一摊血。可他还是一动也不动,两只眼睛紧紧地闭着。

无锡县政府看守所的监房每间大约只有两丈多宽、三丈多长,却要关押三十多个犯人。这个春季天还很冷,犯人们一个紧挨着一个地躺着。这时,张兰舫和大家看到高文华被打成了这样,便将他扶到了墙角,将能保暖的衣物集中起来给他盖上,又给他喂些水,用布给他擦拭伤口。

"这样的刑讯连续不断,高文华并没有在这样残酷的刑讯下垮掉。国民党反动派还是不放弃,三天五天便刑讯一次。敌人问他无锡党团组织情况,他怒视打手一言不发。丧心病狂的打手一次次地对他施以酷刑,先后用了几十种,其中包括鞭打、吊拷、老虎凳、钉指(趾)头、烙铁、灌辣椒水、摇电话机等等,把高文华折磨得遍体鳞伤,死去活来,可他就是不对敌人说半个字。"(据雨花台革命烈士资料)

高文华每次苏醒过来的时候,总是关切地询问其他同志的身体,然后还是带领大家一起唱《国际歌》,他的声音虽然十分地微弱、低沉,但是充满了坚强。

高文华在连续两个多月的酷刑之下终于病倒了。

这一天大早,他被敌人刑讯了整整一夜,从刑讯室带回牢房的时候,就已经迷迷糊糊,分不清东南西北了。

天色放亮了,听到狱警的吆喝声,张兰舫和其他难友们全都从草铺上争相爬起来,一齐挤到了铁窗前面。在两个满脸横肉的狱警的搀扶之下,高文华被连拖带拉地押了过来。这时,高文华的面色浮肿苍黄,垂着头,头发上尽是鲜血,衣服已被撕成了一块破布披在他的身上,他的双腿弯曲在地上被拖着走,整个牢房的走廊上一片静悄悄的。走到了房门前面,狱警就放开了他,高文华只得一边扶着墙,一步一步地挪动着双脚。所有的犯人一齐涌向了牢门,像是迎接亲人一般奔到高文华的面前。张兰舫等人一起将他抬进了牢房,让他慢慢地躺在了草地上。 然后,张兰舫一直在他的身边护理着他。

高文华已经完全休克,什么知觉也没有了。

等两个多小时后他慢慢地苏醒过来,在感到全身疼痛的同时也感到发软,觉得自己病了。 前天,敌人将自己的母亲抓来,并且扬言要抓自己的妹妹,想到这些,他的心头就更加地担心起来,他的病情也就更重了。 原本他身体受刑伤势严重,根本不可能很快愈合,再加上饮食不调,又得知父亲的病因为自己被捕而加重,小弟得了脑炎因为无钱医治而致残,在这些事情的刺激之下,他悲愤抑郁,病情也就一天天地加重起来了。

高文华被关在国民党无锡县政府的监狱里。 根据《无锡文史资料》记载,国民党无锡县监狱"夏天天气热,犯人在里面穿一条单裤,不到两个小时,全身就像雨淋一样。 有时有人来参观,他们用手捂着鼻子往房洞里一望,便走了,不想在这种地狱里多待一分钟。 规定犯人们一周可以洗两次澡,但是,每当洗澡时,犯人们只是刚浸到水里,狱警就会用鞭子往上赶。 所以他们没有办法,只能每天节省开水来擦身。 由于里面的恶劣卫生条件,犯人们大都生了疥疮和其他传染病。"

监狱里臭气熏天,犯人们睡在一张破席子上,旁边就摆着尿桶,无数跳蚤到处乱爬。 牢房内光线黑暗,黑洞洞的,只有牢房顶上开了一个小小的天窗。 到了夜间,房内只给点一盏煤油灯。 每人每餐只给一碗照得见人影的稀饭,牢房里根本没有任何医疗卫生设备。 因此,不少犯人无病入狱,很快就生病,又无医无药,牢房里不停地出现咳嗽声、呻吟声和狱卒们"不准作声"的恶骂声。 牢房给犯人们安排的唯一"福利"项目,就是三个月剃一次光头。 由于理发员是从犯人中抽出来的,技术差,工具又很破旧,用的又全是凉水,所以剃起头发来,就等于拔毛。 一些犯人抵抗不过,最后患病或被折磨成疾而死,他们就把尸体扔进监狱后面的大阴沟随水冲走。

就是在这种环境下,高文华作为重要的政治犯,经常被提审拷打,病情也就一天一天地加重起来了。

他躺上地铺上,和其他犯人挤在一起,喘着粗气,猛烈地咳嗽着。这时,又有人被关进来,牢房里已经挤满了,大家只得再往一起挤,几乎就没有放便桶和鞋子的地方了。那个狱警在铁窗外面大声对全体犯人交代说:"今天起,你们就在号子里大小便吧! 这么多的犯人,我根本没法一遍遍地押着你们上厕所!"狱警也不顾犯人的一片抗议声就走了。

这时,有个犯人挤到铁窗前,倾听了一阵说:"上边又用刑法了,大吼着要去厨房拿一把新筷子上去!"所有犯人听他这么一说,脸色倏然一变,好像这筷子要夹的是自己的手指。 这时,牢房旁的木楼梯接连着咚咚响,一个打手上上下下地跑着,那个犯人又转过头来说:"又搬好几块砖头上去了。"牢房里一下子寂静下来了。 果然,所有的警察全都集中到楼上的刑讯室去了,看守的两个警卫也不见了。 这时,楼上就传来了打手大声的吆喝声、清脆的耳光声、人跌倒在地的声音、椅子倒在地上的声音,只是没有听到受刑人的哭喊声。 也就在这时,从刑讯室传来了一个女性的尖锐的叫声,这声音极度地嘶哑,又一下子沉寂了,接着变成了模糊的呻吟声延续着,忽然又直线地提高了嗓门,比第一次的音阶还要高。 牢房里有人咬着牙说:"肯定又加上砖头了,这是坐老虎凳!"监狱里的犯人们,有人在捶壁,有人在叹息,有人像精神失常一样地坐起来,也有人爬上铁窗去呆呆地望着外面的天空。

这时,高文华已经发起了高烧,并没有和大家一起关注着刑讯室里的酷刑。 他自己刚刚经历过这种考验,他是模模糊糊地听着受刑的惨叫声再一次昏睡过去。 据《高文华传》记载:"这样的刑讯连续不断,高文华就在这样残酷的刑讯下病了。"

张兰舫为高文华轻轻地擦去脸上的血污,看到他的面色十分地苍白,已经看不到一丝血色,比以前更瘦了。 他的眼睛也陷得更深,两眼一丁点儿光泽都没有,一看就知道他病得不轻。高文华全身在发抖,像是打摆子似的,嘴唇苍白,声音也变得沙哑起来了。 张兰舫估计他是受刑后伤口感染了,全身随之发起了高烧。 他挣扎着从草铺上坐起,靠在墙上,咳嗽似乎才好一些,可苍白的脸因为被毒打,也变得扭曲变形了,细细的冷汗珠便从他的额头渗出。 他的头发已经两个多月没有理了,脑袋上用衬衫撕破的布条包扎着,脸上的血迹还没清洗干净。 尽管如此,他还是坚持着,没有说出党组织的任何秘密。

高文华这种坚贞不屈的精神动力是来源于他对信仰的坚守。"高文华的事迹激励我们要始终坚定信仰,增强党性,坚守共同的理想、共同的信仰。 只有坚守崇高信仰,才能炼就金刚不坏之身。"(据《高文华革命事迹及精神研究》)正因为这种精神动力,高文华在清醒之后还微笑着对张兰舫说:"真正的革命者是不会被几件刑具打垮的,更不会被恶劣环境和病魔所吓倒的!"

1928年6月份的一天,江南的太阳变得十分毒辣,将无锡火车站照射得无比炽热,把火车站门前送别的所有人全都炙烤得异常难受。 这列火车是开往南京的,正在上下客。 离这列火车开车还有半小时的时候,火车站门前出现一队警察,在局长丁用瀚的率领下,他们押解着几个犯人,一步一步地朝这里走来,走在前面的就是高文华。

在他们快要进站的时候,高文华听到了母亲的呼喊。 他转身沿着声音传来的方向看去,果然看到了母亲踩着一双小脚,东倒西歪地朝自己这边奔来。 高文华的三个妹妹和弟弟正推着一辆三轮车,一路奔跑过来车上斜躺着病重的父亲。

今天一大早,他们就收到了丁用瀚的通知,这才赶过来为高文华送行。

高文华听到母亲的呼叫,抬眼望到母亲瘦弱的身影,接着又听到弟妹们的喊叫,又看到了重病的父亲正气喘吁吁地被妹妹们推着过来了。 这时,高文华的心猛地一下子收紧起来了,喉咙也哽咽了几次,一股咸涩的泪水便夺眶而下。

父亲弟妹看到眼前的高文华已经瘦脱了人形，浑身上下全都没有一处好地方，双腿走路还一瘸一拐的不平稳，嘴角上面还有一道深深的伤痕，额头上有一条伤疤还没有结痂，两只眼睛深深地凹陷下去了。

高文华全家一齐抹起了眼泪，妹妹们早已忍不住呜呜地哭泣起来了。

这是高文华短暂的一生最后一次离开家乡，也是高文华和父母、弟妹们的诀别。

高文华第一次离家时是六年前，那是他小学毕业考上东南大学附中去南京。那时，他是一个14岁的少年。离开家乡时，也是父母来火车站为他送行，父母都对他寄予热切希望，望子成龙，期盼他能光宗耀祖。他便是意气风发地离开了家乡。

高文华第二次离开家乡是四年前，他去报考黄埔军校，投身北伐。后来立下多次战功，被提拔为上校团党代表。那一次为他送行时，他是无限憧憬地离开了家乡。

这一次，高文华居然被作为罪犯，手戴手铐，脚戴脚镣，被押解着离开家乡，送往南京接受审判。

高文华被押往南京受审，全都是他的两个黄埔同学丁用瀚、缪斌密谋出来的一个阴谋。丁用瀚知道高文华是个硬骨头，再怎样用刑也无济于事，为了向上邀功请赏，便想起了在南京任省民政厅长的缪斌，想通过缪斌之手置高文华于死地。

这个缪斌（1902—1946）也是无锡人，出生于道士之家，所以他还有一个绰号，叫"小道士"。这个"小道士"十分地精明，更善于投机钻营。缪斌从南洋公学毕业后，进入黄埔军校，北伐时还担任过第一军副党代表。为了得到江苏省民政厅厅长这个肥缺，他一次次地给宋美龄等人送钱送物，在26岁时就顺风顺水地当上了江苏省民政厅厅长。跑官买官成功之后，缪斌就开始在卖官收礼上大显身手,以明码标价,款到发货,卖出一批县长之职,哗啦哗啦的现大洋纳入他的腰包。缪斌当时敛财的手段厚颜无耻至极,为他母亲做60岁大寿,居然做了"借岁""虚岁""足岁"三次,让人连续三次给自己送礼。

丁用瀚知道高文华和缪斌在"四一二"之后因为反蒋拥蒋的立场问题产生了不可调和的矛盾,想利用他们之间的这个矛盾来置高文华于死地。

也就在这种情况下,丁用瀚主动跑到南京找到了缪斌,和缪斌合谋一起算计高文华,将高文华从无锡押到南京国民党特种刑事法庭去审理。

"解送那天,高文华母亲赶到火车站。原来高文华是个很健康、很精神的小伙子,如今却是骨瘦如柴、行走踉跄的病人,但他的眼神仍炯炯有神,显得很坚定。"(据《高文华传》)

此刻,高文华居然微笑着对父母说:"爹,娘,你们全都放宽心吧,我不会有事的!"然后又对弟妹们说:"要好好读书,将来做一个对国家有用之人!"

母亲忍不住用手去轻轻地抚摸着他受伤的脸,眼泪止不住地往下掉。

这时,丁用瀚走了过来,皮笑肉不笑地对高文华父母说:"伯父伯母,你们放心吧,我是文华的黄埔同学,又是无锡同乡,我总不会害文华的吧?只要你们劝文华改邪归正,自首悔过,交出同党,特别是交出严朴的下落,我保证他肯定会荣华富贵,升官发财的!"

高文华听他这么一说,便冷笑了一声说:"你死了这条心吧!我决不会做出卖良心的事情!"

高文华听丁用瀚再一次逼迫自己交出严朴等我党人员,心里得到一丝宽慰。这说明敌人还没有抓到严朴,而且他坚信严朴等真正的共产党人,是决不会被敌人的白色恐怖所吓倒的。

同是无锡人的严朴也是1925年加入中国共产党。在1926年春天，他被派回无锡进行暴动的组织领导工作。 在暴动失败之后，国民党反动派四处搜捕杀害共产党人，严朴被迫离开了无锡。

因此，抓捕严朴是当时国民党无锡县政府的头等大事，全城到处都是悬赏的布告。 在抓到高文华他们之后，他们自然想从高文华和其他一些同志的嘴里套出严朴的行踪。

只是高文华当时并不知道严朴在他被押送南京的同时，赴苏联莫斯科出席了中国共产党第六次全国代表大会。 两个月后，严朴回国，继续从事党的地下工作，并于1929年1月，参与领导了奉贤县千余武装农民举行武装暴动。 后来又被调往上海从事黄包车夫的工会组织工作。 这年秋天，由于叛徒告密被捕，虽受尽了酷刑，但始终坚强不屈，后经多方营救才获释。（1933年，严朴离开上海到中央苏区工作，于1934年抱病参加长征，病得无法走路。 1945年，严朴出席了中共七大。 抗战胜利后，他任东北工业委员会党委书记。 1949年6月5日，因久治无效病逝。）

虽然这全都是后来发生的事，可严朴短暂的人生可以证明，共产党人根本不会因为白色恐怖就吓破了胆，就停止了革命斗争。

此刻，丁用瀚知道与高文华说了也是白说，就将脸色一冷，命令警察开路。

诀别的时候到了，高文华这一去就再也没能回来，父母弟妹的心头也就跟着一阵收紧，眼睁睁地看着高文华拖着脚镣，一路哗啦哗啦地被警察押着朝火车站的大门走去，慢慢地离开了家人，慢慢地走远了。

"文华！ 你要挺住呀！"一直没有说话的父亲，躺在车上拼命地呼喊起来了。

高文华转身朝父亲的方向望去，看到父亲瘦弱的病体躺在妹妹借来的人力车上，两只昏花的老眼正盯着自己。

高文华再也克制不住了，大声地呼喊起来了："爹！ 娘！ 儿子对不起你们！ 来世让我还做你们的儿子吧，我一定好好地孝敬你们！"

高文华被敌人蛮横地拖进了火车站，架上了火车的包厢，火车发出一声长鸣，车轮便开始转动起来，火车慢慢地离开了站台，向远处缓缓地驶去。

　　火车蒸汽机排出的浓烟笼罩在火车站的四周，高文华的父母弟妹全都是泪眼婆娑，高文华的妈妈哭得瘫倒在火车站前的地上，久久爬不起身来。

第九章
狱中斗争

1928年6月10日，高文华被两个法警押着来到了江苏省法院的特种刑事法庭，在这里将要进行最后的审判。庭审高文华还没有开始，法院内外已经站满了人，旁听席内挤着许多高文华的同学朋友，法庭的外面也挤满了人。他们中有不少是专程从无锡乘车坐船赶来旁听的。

高文华并没有找辩护律师，他知道这对于国民党特种法庭而言无济于事。高文华既然被送到了特种法庭来审理，就没有一丁点儿被释放的可能。他知道江苏省法院院长孙祖基这个人的为人，更知道孙祖基和缪斌的关系，他们全都是蒋介石忠实的走狗。

孙祖基也是无锡人，也是高文华黄埔军校的同学，还曾当过无锡县县长，所以高文华对此人的品行早已了如指掌。果不其然，孙祖基后来在抗日战争爆发后就做了汉奸，从1942年起历任汪伪实业部保险业管理局局长、伪淮海省财政厅厅长、伪内政部民政司司长、伪杭州市市长、伪浙江省财政厅厅长，一直到抗战胜利后被羁押。

国民党政府的特种刑事法庭，其实就是专门为镇压共产党和其他爱国民主人士设立的特殊审判机关，分为中央特种刑事法庭和各省特种刑事法庭，江苏省法院下设的特种刑事法庭设在南京。这个特种刑事法庭所做的判决，不准上诉，也不准抗告，特种刑事法庭反映了法西斯专政的审判制度，国民党的各级党部和特务机构操纵着特种法庭的审判权。

"高文华和战友们被押到南京后，国民党民政厅厅长缪斌很是得意，要国民党江苏省法院院长孙祖基置高文华于死地，却苦于没有口供不能处置。孙祖基虽是无锡同乡、黄埔同学，但此时他与高文华已是两个阵营的人。高文华对国民党法庭的审判从未抱过任何幻想。"（据《高文华传》）

高文华在写给家里的信中这样写道："真理最终永恒地存在于宇宙中，现在善恶不能分清，但总有分清之日。我们并没有别的妄想，我们并不希望判得很轻。"

上午九时，审理开始了。书记官宣布审理高文华等人"组织反革命集团罪"一案，审判长命令带高文华等人到庭，然后就请公诉人提出公诉，公诉人宣读了起诉书，认定高文华等人犯"组织反革命集团罪"，依《危害民国紧急治罪法》提出公诉。接着，审判长便责问高文华为什么要推翻国民政府。

高文华在法庭上慷慨陈词："第一，国民党反动派镇压工农革命运动。1927年，蒋介石背叛革命，一片白色恐怖弥漫在华夏大地上空。

由于蒋介石、汪精卫的反革命政变，国共合作彻底破裂，轰轰烈烈的大革命惨遭失败。国民党反动派在全国各地进行疯狂的阶级报复，残酷镇压工农革命运动，屠杀共产党人和革命群众。这样的政府难道不应该组织起来加以推翻？

"第二，国民党吸尽人民脂膏，导致饿殍载道、赤地千里，工农劳苦大众不如牛马，生活在水深火热之中。孙中山在1924年中国国民党第一次全国代表大会宣言中就这样写道：'自辛亥革命以后，以迄于今，中国之情况，不但无进步可言，且有江河日下之势。军阀之专横，列强之侵蚀，日益加厉，令中国深入半殖民地之地狱……国内军阀暴戾，自为刀俎，而以人民为鱼肉，一切政治上民权主义之建设，皆无可言……中产阶级频经激变，尤为困苦；小企业家渐趋破产，小手工业家渐致失业，沦为游氓，流为兵匪；农民无力以营本业，以其土地廉价售人，生活日益昂贵，租税日益加重。'这样的政府难道不应该组织起来加以推翻？"

高文华正准备说下面的第三条，全场响起一阵称赞声，他说出了大家想说而不敢说的话，所以，旁听席上有的点头，有的微笑，有的细语。坐在审判主位上的孙祖基感到气氛不对，赶紧对高文华发问道："高文华，你不要以为自己是黄埔军校的高才生，就在这里口若悬河！你知不知道，你组织反革命团体，要推翻国民政府，是犯了危害民国罪？"

高文华高声回答说："何谓革命？顺应历史潮流，为了广大民众的利益，方为革命；何谓反革命？倒行逆施，镇压广大工农群众。事实上，你们才是真正的反革命！我们组织工农群众，推翻你们的反动政府，才是革命行为！"

高文华的话还没有说完，旁听席上已经有人发出了笑声，接着有更多的人跟着一起笑起来了，审判长不得不站起来加以制止，急急忙忙地敲打起木槌大喊："寂静、寂静！"

高文华案件的庭审就在这样的气氛中结束了。

"在此期间,缪斌给孙祖基写信要他决不能放过高文华。 迫于缪斌的压力,七天后,法庭以组织反革命团体并执行重要职务的罪名判处高文华二等徒刑九年。"(据雨花台革命烈士资料)"敌人无法,只得于 1928 年 6 月 10 日以'证据确凿,讯无口供,殊属无从办理',将高文华押解到南京匪特刑庭,以所谓'参与共党,危害国家'的罪名处以九年的徒刑。"(据《不死的青春》)

法庭宣读判决书之后,孙祖基以老同学、老乡的身份,假惺惺地走到高文华的身边,问道:"你对这个判决服不服呀?"

高文华冷笑了一声,然后高声回答道:"你们根本没有权力判决我,我也根本不是什么罪犯! 如今既然被你们抓了进来,硬要让我坐九年的监狱,那就要看你们国民党能不能坐稳这九年的江山了!"

1928 年 7 月,被判刑之后的高文华被关到了江苏省第一监狱,穿上了囚衣,囚衣上印着他坐牢时的代号"354"。 高文华在刑讯时被打得遍体鳞伤,到现在走路还不够平稳,走进牢房时还晃晃悠悠的,被狱吏一把推进牢门就打了一个趔趄,仆倒在牢房肮脏的地上。

他躺在地上就嗅到一股难闻的气味,呛得他一连打了几个喷嚏。 他躺在地上,审视着这间牢房,这才发现牢房比在无锡监狱更小,只有四平方米的样子,关着五个囚犯,吃饭、睡觉、方便,全都在这狭小的空间里。 整个牢房除了牢门而外还有门上一个很小的圆形窗户,光线只能通过这个小小的窗户透进来,狱吏巡查和送饭也是通过这个圆洞。

这时,和他一起被关进来的张兰舫、朱菊生将他扶起身来,靠着墙壁倚坐着,原来的几个囚犯正用吃惊的眼光盯着他,大概是搞不清为什么这个年轻人会被打成这样。

高文华勉强地向大家笑了笑,算是向大家打个招呼,也算是互相认识了。 张兰舫、朱菊生便将他们的被褥放在草地,和原先的几个囚犯的地铺并排放在一起。 高文华轻轻地揉了揉自己的双腿,对大家说:"哈！ 新的生活,开始了！"

在判决之前,高文华为了和父母弟妹见面方便,节省家里往返费用,曾请父亲找关系看是否能够转移到无锡监狱服刑。 可是他父亲四处托人最后也没能成功。 所以,他还是被关到了这里。

这个监狱被当地人俗称为老虎桥监狱。

据宣统元年《南洋官报》记载:"清光绪三十一年(1905)四月初二日,朝廷传上谕,各省督抚所属一体'认真办理罪犯习艺所'。"于是,江宁布政使司即借库银10万两,在江宁省城大石桥之东购地募工兴建新式监狱一座,定名"江宁罪犯习艺所",并委派前代理江宁知府许星璧、现江宁知府杨钟义为习艺所提调。 光绪三十三年改称"江南省城模范监狱"。 1916年的《江苏政治年鉴》记载:"辛亥光复,因迭遭战火,该监狱房屋器具毁坏,民国三年十月,就原有基础拨款重修,定名'江宁地方监狱'。 四年四月改称今名(江苏省第一监狱)。"

监狱边有一条进香河,河上有一座桥,因为桥东有一座园林,内有一景点叫"老虎刺",正对着该桥,借取景名为"老虎桥"。 到了民国时期,因监狱临近这座老虎桥,人们就习惯地称这座监狱为"老虎桥监狱"了。

原监狱墙外三面有壕沟与外界隔绝,后将沟渠填平,墙移沟外,范围比先前稍有扩大,大门也做了改建。

老虎桥监狱位于南京老虎桥32号。 江苏省第一监狱这一名称存在时间较长,从1917年至1937年,前后使用了20年,政治影响也较大。 当时监房共172间,可容纳犯人3000名,规模达到历史鼎盛时期。 它原是南京国民政府司法部管辖的普通监狱,一般关押刑事犯。在南京设立军事监狱之前,军事犯、政治犯也关押于此。

监狱的条件十分恶劣,高文华和四五个难友一起关在里面,监牢里放着两个马桶,整天臭气熏人,苍蝇乱飞。 加之每天从早到晚、超强度的劳役,吃两顿吃不饱的饭,晚上蚊子臭虫又多,睡不好觉,他的身体日渐瘦弱不支。 在这个慢性屠宰场里,没有病的人会染上各种疾病，有病的难友会相继死去。 高文华听同室的难友说，这些臭虫蚊子是不能随意捕杀的，因为血迹一旦弄脏了墙壁就会影响监狱的"形象"。

高文华这天在监狱里听到狱吏厉声敲打牢门，看到从铁门的圆窗子里送进来的牢饭：每人一个米饭团。 高文华吃起了米饭团，这才知道这米饭团全都是发了霉的粗米，夹杂着沙子、稗子，还有麦黍，混合在一起做成的。 另外还配一点儿菜汤，也是老菜皮用浑浊不清的井水冲兑而成的。

"如果有人饿极了，向狱吏们央求，自己吃不饱，能不能增加点粮食，狱吏们便会冠以'煽乱、捣蛋'的罪名，轻则毒打，重则丢了性命。 被关在这里的人都有咯血的毛病，犯人的大便都变成了黄脓和赤血，哪里还像人类的粪便。 白天里，囚犯们要做各种劳动，即使在大热天里也只有半个月才能在泥水一样的潭子里洗个澡。 因此，每年夏天瘟疫便吞噬了不知多少人的生命。 监狱里专门为病囚设置了病监，但是到了病监反而加速了死亡，囚犯们整日食不果腹，却要从事繁重的劳动，生产的产品不能满足狱吏要求时，便是一顿毒打。"（据《江苏监狱史》）

在这样的环境里，高文华开始了他的服刑生活。

面对这样恶劣的监狱生活，高文华并没有一丁点儿的气馁，他在信中对父母弟妹们说："哈哈！ 这不是九年吃饭的饭票已经找到了吗？ 这不是九年的生命保险也已经看到了吗？ 这不是九年制的大学已经给了我入学通知书了吗？ 这样不是一件快活的事是什么？ 这消息在我都是一种愉快的好事情。 这九年里可以休养身体，学习职业技能，精心读书以求人生及社会各方面之必需学问和知识！"

他又写信对他的姨夫说："你们切勿忧愁，吃官司是一件好事，尤其是政治上的犯罪行为是一件光荣的事情，希望你们能够帮我安慰父母亲，希望父母能够了解这些意思。"

其实，在高文华被判九年徒刑以后，丁用瀚、缪斌和孙祖基并没有就此作罢,他们认定高文华破坏了他们向上邀功请赏的机会,堵住了他们升官发财的路子,因此怀恨在心,非要置高文华于死地而后快。 试想,老虎桥监狱本来就是一个阎王殿,对于共产党人从来就就不会手软,再加上这三个心狠手毒的人在暗地里下毒手,高文华想顺顺当当地坐完九年大牢出来,肯定是完全不可能的了。

高文华对难友们说:"我被判刑之前就早已定下了读书计划!"他是这样说的,也是这样行动的。

这一天深夜,牢房里面一片漆黑,只有一线昏暗的灯光从牢门的圆形窗洞里透了进来。 高文华便是坐在这束昏暗的灯光之下,认真地思考着坐牢的这九年里,自己将要做的、应该做的事情,制订起自己的读书学习计划来。

此刻,他看到难友们因为白天干苦工全都累得呼呼大睡了,抬头透过那个小小的牢窗,向着窗外墨蓝的天空望去,夜空上高悬着一轮明月,他不由地将自己的拳头握得紧紧的。

他知道自己只有利用这段坐牢的时间去认真学习,掌握更多的知识,才能更好地胜任将来的革命工作。 想到这里,一丝对未来充满了必胜信念的微笑浮上了他瘦削的脸庞。

刚进监狱的这些日子,他对难友们说得最多的一句话就是:"真理终永恒地存在宇宙之中,现在虽善恶不能分清,但终有分清的一天!"他给父母的信中也是这样乐观地说:"我们的现在只是一时的情形,这是一个必然的过程。 做人不吃苦就不算做人,何况我们真像吃橄榄一样在苦涩中有甜的回味。 我们虽然苦,但我们的良心没有受罪,我们虽然苦,我们依旧有我们至高无上的精神和愉快! 我们是真理的追求者! 我们是最无私的人! 我们是最快乐的人啊!"

也正是在这种乐观主义的精神鼓舞下,高文华制定了他在狱中的长期学习计划:为牺牲的战友写传记、读更多的书、写更多更好的作品、为祖先高攀龙编纂文集。 接着,他对于这四个方面的学习写作计划，又详细地制定了十分具体的进程。因此，他在给妹妹的信中坚定地说："这九年里，我可以精心读书，以求人生及社会各方面之必需学问和知识。"

后来，根据张兰舫等人的回忆，在判决前后，高文华和难友们一起确定下了在狱中的读书计划。高文华将牢房变成"课堂"，学习许多革命理论，迎接未来的战斗。在判刑关进老虎桥监狱之后，高文华便是按照这个读书学习计划开始认真地读书，而他读书的书目就有近百册之多，这些书主要是研究社会学、历史学和经济学方面。他不断地写信给父亲、妹妹，让他们替他代购外文进步刊物和革命书籍，给他在狱中坚持斗争和勤奋学习提供书籍。

监狱里的生活十分艰苦，每天还要被迫去做苦工，读书自然是一件困难的事情，可高文华仍然坚持学习。对此，高文华在给他父亲的一封信中这样介绍他的学习情况：

"早7时上工，晚4时半下工，早晨6时余起身，略经运动，则仅有半小时读书时间。下工之后，则仅有半小时而已。近日短渐冷，黑夜长漫，点灯则如鬼火一般。大小便尚成问题，读书是万不可能的了，至上工时间，再三设法，亦仅有一个小时的读书。吁！读书之困难矣哉！"

即使是在这样困难的情况之下，他每天还能坚持读书，从不间断。也正是这样挤出点滴时间学习，他在精通英语之后，又在狱中通过自学掌握了日语和法语。

在高文华带领下，老虎桥监狱难友们的学习气氛越来越浓了，高文华带领难友们一起学政治、学文化。根据幸存者后来的回忆，高文华在狱中最爱看的书包括《哲学的贫困》《近代欧洲经济发展史》《经济学大纲》等。这些革命书籍都是通过秘密渠道悄悄送进监狱的，然后又在难友们中秘密地流传开来。

老虎桥监狱对犯人的书籍检查十分严格，凡是外面送进监狱的一切物品全都要经过审查。高文华的家人、亲戚、战友，就将外文版的革命书籍送进来，检查的狱吏全都不懂外语，也就能比较容易蒙混过关了。例如送进来的英文版的马克思著作，将著作外面换上《圣经》的封面包起来。

"每天在中午11点到下午2点读书，虽然精力减少，头略觉昏沉，但我不管，昏沉尽管昏沉，读书还是读书。最近我读完两本书，一部是《文学大纲》，一部是马克思的《资本论》。《资本论》是一部最好的书，是一部百读不厌的越读越有滋味的书。"（据高文华家书）"高文华在狱中以这样百折不挠的精神读完一本又一本的马克思主义书籍，为的是革命理论上的力量的增强。高文华在狱中磨炼得愈加坚强。他乐观地坚信革命的未来，并为它顽强地斗争、勤奋地学习。"（据《高文华传》）

一次，高文华被狱吏用刑后关在一间小屋子里，为了减轻痛苦，便是用学习来进行弥补。"两星期以来，我被囚禁在一间五尺宽的小屋里，但我坚持做体操一小时，其余时间都是看书，两星期内我看完了四千多页书，此外还学了很多东西，自己觉得一分钟也没有浪费，每天总要看到头痛才歇歇。只觉得非常兴奋，因为我在这些书里得到了不少力量。"（据高文华家书）

对于高文华这样如饥似渴读书学习的劲头，有的难友曾不解地问高文华道："你既然知道在这里必死无疑，为什么还要每天坚持读书呢？"

高文华坚定地说："我们共产党人能够活一天，就要学习一天，岂有坐以待毙之理？"

他这一席话使难友们感动不已，从此大家以他为榜样，在狱里天天坚持学习。

"尽管狱中的生活相当地艰苦，尽管家里寄来的钱物被狱吏克扣，但他仍然把这些少得可怜的钱物分给难友，他在给家中的信中不止一次地写道：'我总是把别人的事当作自己的事，把别人的悲哀当作自己的悲哀，把别人的失意当作自己的失意。家里寄来的钱一半是自己用了，另一半是分给更穷的难友了。我借二元五角钱是替更穷的难友买一本书。'"（据《不死的青春》）这便是说他在自己没有钱的情况下，还向别人借钱为其他难友买书。

在高文华的努力倡导下，狱中的秘密读书运动开展起来了。高文华就将马克思主义的词语，写在一块块破布或是破纸上，然后在难友们中间流传，从一个牢房传到另一个牢房。

高文华是高家的长子，下面还有三个妹妹和一个弟弟。弟弟高文英从小就得了脑膜炎，因为家中无钱医治而落下了智力障碍。所以，二妹高福珍、三妹高寿珍、四妹高亚珍的教育，也就成为高文华在狱中最牵挂的事情了。

高文华在坐牢时，通过信件来往，关心三个妹妹的学习，并对她们进行引导教育。在他坐牢的第二年，接到父亲写给他的信，信中提及高文华的三妹寿珍、四妹亚珍在学习上不够认真，学习的积极性、主动性也不够，父亲认为她们"非好学之辈"。高文华看到信后心里十分焦虑，赶紧写了一封长信给两个妹妹，对两个妹妹在学习上给予鼓励和引导。

"我总希望父亲说的不十分确实。因为照我想来，寿珍、亚珍是不会落人家后的，你想在吃饭的时候，姐妹两个还要争夺小菜吃，难道在班级里肯把学问让给别人拿吗？我想你们既有争夺吃食的勇气，那么一定也有争夺读书的勇气。你们既不肯在吃饭时落人家的后，那么读书时一定也是争先的。吃饭与读书几乎完全一样的有趣、一样的要紧。你们肚子里饿了，所以不管性命地总想争着吃，你们的脑子空了，所以一定也是不管性命地求智慧了，对吗？"（据高文华家书）

他希望两个妹妹能在暑假制定一个学习计划，并要按照学习计划认真地执行，从而能够真正积极主动地搞好读书学习。

在引导妹妹们读书时，高文华首先注重教育她们树立正确的学习目标。他希望妹妹能够加强身体锻炼，这样有一个好的身体，才能好好地读书，才能做一个健康向上的人。对他的二妹福珍，他提出了多读书、多学习，用科学知识来充实自己的头脑，从而成为一个修身健康、精神严肃、思想充实的女子。"要努力填补知识的空虚，努力研究科学，专心科学，使你的精神也成为健康的、强壮的，身体强壮了，可以抵抗微菌毒虫的侵蚀，精神的健康也可以排除批评，评断真理，真美与假美，真善与假善，而得以走入人生最光明的道路。"（据高文华家书）

对于一个坚定的无产阶级革命者，一个真正的共产党人而言，高文华对于妹妹们在读书学习上的教育指导，最终的目标是帮助她们树立革命目标，培养革命精神，为解放事业不懈奋斗。他对妹妹们说，妇女不是天生被压迫的对象，"汝等女子，亦须有此种决心，脱离一切之章制，方可真正得到解放，否则总是一部分人之奴隶或附属品，不能发展人们自己之个性。"对于怎样求得妇女解放，他又明确地提出了妇女必须要组织起来，组成一个革命的团体，通过革命来解放自己。"妇女解放不是一个人的事情，是很多人的事情。一个人觉悟了是没有用的，一个人有什么力量来解放自己呢？因此，一定要团结起来组织成为团体，于是便产生力量了，我们便可依靠这力量来推倒一切恶势力，解放自己，这种推倒恶势力的方法，唯一只有宣传革命。"（同上）最后，他明确地提出希望妹妹们成为一个女革命家，走上革命的道路，参加革命工作。

"他在写给他二妹高福珍的密信中，要她不要错过青春韶华，并向她介绍各种马列著作和其他进步书刊。他在信中鼓励他妹妹说：'希望你在来信中能讨论一些问题，尤其是社会主义的政治问题，我更加喜欢！'"（据高福珍女儿高忆清回忆资料）

对于妹妹们的阶级立场教育是高文华高度重视的又一个问题。1929年，高文华的二妹高福珍到苏州的苏轮纱厂子弟小学做教师，不久又做了女工宿舍管理员，负责管理女工的宿舍食堂。当时，这家工厂的老板刚刚从国外留学回国，在工厂里运用了一些国外的管理方法，对劳资之间关系的改善起了一些作用。高福珍便写信将这些情况告诉了高文华，认为自己有能力协调资本家和工人之间的阶级矛盾。在当时国内的阶级斗争异常激烈的政治环境里，提出这种观点，无疑是模糊了中国社会的主要矛盾。因此，高文华看到信之后，便立即写信给二妹，十分严厉地指出劳资矛盾是不可能调和的，这是一个阶级立场的大是大非的问题："妹妹！你不但要离开我而将成为我的敌人，你现在已经陷在一个极端危险的地步了！你自己不觉得，而我，你亲爱的哥哥！是如何地担心而痛苦呀！你竟来问我这些劳资问题的协调办法，你竟说你要帮助老板去除女工的阶级观念！关于劳资协调是不可能的！你读的书报和我的信都忘到哪里去了？请你立刻在一分钟之内翻开《经济学大纲》第 285 页至 286 页的一节看看吧，那儿是说的什么？"二妹高福珍接到高文华的信之后，最终放弃了苏州的工作，离开苏州回到无锡，从此一直从事教育工作。

"他除了自己坚持斗争、勤奋学习外，还不断写信开导、规劝和教导他的妹妹们，要妹妹们用功读书，多看报、多看杂志，看《资本论》，看《唯物史观》，看《新经济大纲》，多做文章，不要错过了青春年华。要妹妹们认识到：'与其在污秽的世界上求生，倒不如轰轰烈烈地死！'"（据《不死的青春》）

几个妹妹正是在高文华的教育引导之下，全都认真读书学习，先后考取了各种学校，毕业后又全都从事教育医疗工作。二妹高福珍在抗战时期到四川大后方，免费读完大学和研究生，一生从事教育工作；三妹高寿珍读了护士学校，从事医疗护理工作；四妹高亚珍读了高等师范学校，也一直从事教育工作。他的三个妹妹全都成为新中国的第一代知识分子。

1929 年 7 月的一天上午，正是犯人家属探监的日子。

9 点钟光景，天气突变。许多囚犯家属拖家带口来到老虎桥监狱，探视自己正在这里服刑的亲人。所谓探视其实是隔着一道高高的铁栅栏，囚犯和亲属只能隔着铁栅栏相见。如果亲属想要将带来的食物、用品交给囚犯，还必须经过狱吏的检查克扣。

转眼之间，天空中就乌云密布，像是要下雷阵雨似的，狂风也夹带着灰沙一起刮向监狱的上空。

也就在这个时候，监狱党支部的负责人突然向全体难友和亲属宣布，由于监狱当局殴打虐待囚犯致死，伙食和医疗十分低劣，劳动强度太大、时间太长，难友们已经无法生存下去了，现在老虎桥监狱的一千多名囚犯同时开始大绝食！所有的囚犯对亲属送来的食品也都一律不接受了，亲属们当场就痛哭起来了，老虎桥监狱的探视区内响起了一片哭声。

老虎桥监狱囚犯的生活环境十分恶劣，特别是1929年5月，老虎桥监狱的典狱长钮傅崎上任之后，监狱的伙食就更加恶劣了。面对这样恶劣的生活环境，为了能够生存下去，为了争取难友们的最低生活条件，维护生存权利，狱中党支部决定组织发动这次大绝食斗争。党支部几个成员利用放风、劳役的机会，秘密开会研究大绝食的行动计划，对行动的时间、分头发动难友、起草绝食呈文、与监狱外面的联络等方面进行了详细的研究。

高文华负责这次大绝食的宣传工作，主要是对内宣传发动难友，对外大造舆论，对上提出呈文。高文华提出对难友们明确这次绝食斗争的口号："改善生活待遇""反对虐待囚犯""绝食是以死求生"，这样有利于发动全体囚犯参加行动；对外界的宣传工作，主要是揭露老虎桥监狱对囚犯们恶劣的劳役、饭食、医疗状况；对国民党当局则陈述合理要求。

"经中共狱中党支部决定，高文华起草呈文。高文华在呈文中列出了典狱长和狱卒们对囚犯伙食的种种克扣和频繁饿死囚犯的状况，提出了改善伙食、惩治克扣伙食之人等要求。呈文写好后，送给国民党政府。"（据《高文华传》）

动员工作开始后，党支部成员利用放风的机会秘密串联，先选出少数坚决可靠、机智勇敢的难友作为斗争骨干成员，然后由这些骨干再分头活动联络，逐步扩大绝食斗争的参加人员。经过半个月的紧张联络，大绝食斗争的条件已经成熟了。党支部趁做苦役的机会，在厕所里召开了一次秘密动员会，详细地分析了敌我双方的形势，研究了大绝食的具体时间和方法步骤，明确地提出了复食的几个条件。大家一致认为，如果不改善现在的生活条件，许多囚犯肯定熬不过这样的折磨，不久就会被折磨致死的。因此，从当前利益和长远利益出发，都必须组织这次大绝食斗争，不达目的决不复食。

这一天，大绝食行动按照计划进行着。狱外是狂风大作，牢内阴暗潮闷；狱外哭声震天，狱内一片沉寂。全体绝食的难友都在监狱里静静地躺着，不吃不喝，也不去做苦役。因为这次大绝食斗争全体囚犯都参加了，事前的计划也十分周密。为了防止在绝食斗争中有难友因没有进食而饿死的情况发生，他们在大绝食之前还通过秘密渠道筹备了一些盐、糖，以备在大绝食期间可以让体弱的难友偷偷地喝一些盐水、吃一点糖块。

监狱当局得知全体绝食的消息之后惊慌失措，把党支部的骨干成员全都集中在一起训话，采取软硬兼施，分化瓦解的策略，企图阻止大绝食斗争。

钮傅崎胖得像一头猪，眼睛小得只剩下一条缝，站在高文华等一批骨瘦如柴的囚犯面前，就更显出他油肥肠满的贪婪。这时，他气得嗓门眼冒火，可又伪装出一副悲天悯人的样子说："监狱是一个大家庭，我这个典狱长其实就好像你们的衣食父母，你们囚犯就好像我的孩子。作为子女的囚犯，你们有什么要求，可以直接向我这个父母提出来，没有必要向上面越级报告。我作为你们的父母，一定会加以改良的。因为我是一个革命的典狱长，我也是一个革命的青年！"他的话引来了一片嘲笑声。

绝食已经进行了三天，国民党政府还是没有任何态度，高文华写去的呈文也石沉大海。针对这样的情况，狱中党支部研究决定，和狱外党组织联系，利用社会舆论揭露敌人，迫使敌人答应他们提出的条件。"他们想方设法通过互济会将呈文的抄本送给了进步报刊。不久，呈文便在社会上公布出来了。监狱的罪恶黑幕被揭露，国民党当局十分震恐，气恼异常，面对社会的指责非常狼狈。"(据《高文华传》)

　　党支部做了这样的两手准备，后来又和狱外的党组织取得了联系，使老虎桥监狱的大绝食斗争得到了社会各界的声援。一时间，南京各大报社的记者前来监狱要求采访，许多大中学校的学生也要求来老虎桥监狱探望囚犯，南京的几家报纸还刊登了老虎桥监狱政治犯大绝食斗争的消息。

　　至此，国民党当局不得不"派员彻查"，并到监狱和政治犯谈判，最终答应了政治犯提出的一些要求，伙食有所改善，又在中午给囚犯一个小时的休息时间，这使得这次大绝食斗争取得了胜利。

　　到了斗争的第五天，当局答应大绝食斗争的一些条件之后，党支部宣布全体复食了。可是，正是在这天晚上，高文华却被带到了监狱二科科长史兆元的"办公室"。

　　这个二科其实就是追查监狱内发生案件的侦讯科，史兆元的办公室其实也就是刑讯室。那钮傅崎一直标榜自己是"革命青年"，来到老虎桥监狱自称是"仁慈的典狱长"，可遇到大绝食之后，就在暴怒之下严令二科科长史兆元"限期破案"，捉拿带头"闹事"的指挥者。压力如山，时间又紧，史兆元一通狂抓，为了迅速破案，便开始严刑逼供了。

　　再说这座老虎桥监狱表面上是由地方法院管辖，而实质上归国民党特务掌控，特务的权力自然是"法外活动""法外行刑"，他们无须经过批准，就可以为所欲为，刑讯逼供也就司空见惯了。这二科的办公室自然也就这样变成了刑讯室。

　　也就在囚犯复食的这一天，在史兆元一通刑讯逼供之后，终于有人向他屈服告密了，指认出向上呈文的人是高文华。因此，高文华也就被带到二科来了。

高文华一进二科,就看到那冰冷的水泥地上,横躺着一个血肉模糊的难友,他的脚上还钉着一副沉重的脚镣,鲜红的血水正从他一动也不动的躯体上往下滴落着。两个胸前露出黑毛、浑身是肌肉的打手,正提着沾满鲜血的皮鞭,在上下摇晃着,然后就发出了一阵肆无忌惮的狞笑。

"狱中党支部书记是谁? 这次领导绝食的人又是谁?"史兆元看着高文华瘦弱的身体,见高文华两眼正注视着地上已经被打死的人,恶狠狠地责问道。

"所有的人都是书记! 所有的人都是领导!"高文华冷冷地回答说,自此不管敌人如何拷问,高文华的回答只有这样一句。

史兆元见高文华不吃他这一套,便命令打手开始用刑。沾了冷水的皮鞭在空中呼啸,发出一阵尖叫之后,便落在了高文华的身体上,同时发出一声低钝的响音。史兆元从椅子上起身点燃了一支香烟,吸了一下然后慢慢地吐出一口烟圈,耳朵则在倾听着皮鞭抽打的声音,他的肥脸上也就浮现出了一阵冷笑来。这几天,他习惯了这样的聆听。

史兆元见高文华居然一声不吭地经历皮鞭的抽打,就再也忍不住了,将手中的香烟狠狠地往地上一扔,撸起两只袖子,顺手抓过一根粗木棍,命人将高文华的双手按着,对准手背就用木棍狠狠地打下去:"让你这双手写什么呈文,叫你写啊,叫你写啊!"他一边骂着一边死命地往高文华的手背上连续不断地敲打着,只几分钟的时间,高文华的双手就被打得血肉模糊,手指骨也被敲碎了,顿时肿得像两个馒头。

高文华还是坚决不肯交代:"你打得烂我的双手,可打不烂我的心,只要我还活着,我还会写下去!"

本来按照缪斌、孙祖基等人的密谋,就是要将高文华整死的,现在正好抓到了把柄,史兆元自然是要将高文华往死里打,当即就命令打手将高文华吊起来。 打手们用一根很粗的麻绳将高文华悬吊在一架木梁上面，那根麻绳的一端拴住高文华双手的拇指，麻绳的另一端被两个打手用力地拉着，高文华的身体就被吊离了地面，高文华的脚尖还能着地，那麻绳被固定在一个钩子上面。 几分钟过后，高文华便被吊得满头大汗，只是仍然什么也不肯说。 史兆元便恶狠狠地叫道："扯！"高文华的身体便被扯到了半空吊起来了，整个身体的重量全都落在了两根大拇指上面了。 在高文华疼得大汗淋漓的时候，史兆元坐在椅子上慢悠悠地抽着烟。 可高文华还是不肯招供，剧烈的疼痛让他一下子失去了知觉。

当高文华被从木架上放下来，浇了一盆冷水苏醒过来之后，史兆元问他："你有父母妻子吗？ 难道不为你的家人想想吗？"

高文华上气不接下气地对史兆元说："只要是人，谁没有父母呢？ 谁的父母不爱自己的子女呢？ 又有谁作为子女不顾及自己的父母呢？ 这是人间的真情！ 但是，无数人在没有路可走的时候，无数人的前途是死的时候，我只能抛弃个人对父母姐妹的爱而做挽救无数人的事情了，这完全是你们逼我这样干的！"他说到这里又一次晕死过去了。

据和高文华一起服刑的朱菊生后来回忆说："高文华被带到二科之后，被打得遍体鳞伤，面容憔悴，脸色蜡黄。 我得知敌人对高文华采用棍子打手，吊手指，灌煤油等酷刑。 高文华身上的肉都翻出来了，血肉模糊、惨不忍睹，我忍不住痛哭失声。 高文华两手用力把住铁栏杆，支撑着身体，对我说，你放心吧，打死我、敲死我、刮死我，我也不会出卖同志的！"

高文华被用刑之后就被关进了禁闭室。 这是一间更小的牢房，大约几平方米的面积，里面是一片漆黑，只有铁窗子透进一丁点儿亮光。 他要在这里被关半个月的禁闭。

对于这个时候的情况，高文华在给家里写信时是这样说的："现在更加不自由了，我说话只能像蚊子一样。 现在不自由外，更加上饿肚子的肉刑了。 以前在工场吃一字饭，现在吃三字饭了，原来这里吃饭打成圈子，圈子分一、二、三字 3 种，一字饭重 30 两，二字饭重 24 两，三字饭重 18 两，但因为要打成圈子的缘故，所以饭是特别稀烂的，现在早晨 9 点钟吃了一个饭团子，下午 2 点钟再吃一个，从今天下午 2 点钟到次日九点钟有 19 个钟点要饿着。饿肚的痛苦在以前没有尝到过，但现在是经常的，天天要尝了。"

这就是敌人对高文华的另一种惩罚，即高文华所说的"肉刑"。除此而外，敌人还对高文华的一举一动实行 24 小时监控，特别是对他写的信件、文章，全部要进行严格检查。"敌人经常搜查高文华的床铺物品，把高文华当作罪魁祸首，恨不得将他活吞了。"

经过敌人这样的酷刑，高文华的身体再也支撑不住了。根据高福珍回忆："敌人查出文章是高文华执笔写的，对他更加摧残，使文华的身体更加地虚弱了。"

第十章
青春绝唱

　　1929年春天,高文华的身体越来越差了,头疼越来越厉害了。每次头疼之前也没有什么症状,说疼就突然疼痛起来了。他不得不花钱请监狱里的医生为自己医治头疼病。医生为他开了一些西药,他服用之后,一点儿也没有好转。他又不得不请了中医为自己开了处方,吃了几剂中药之后,也是一点儿不见效果。

　　3月的一天,高文华的头疼得十分地厉害,剧烈的疼痛像是要让他的头爆炸似的,脑袋瓜子一阵接一阵地剧痛,就好像脑子里的每一根神经都在抽搐一般。 头疼欲裂，天旋地转，四肢无力，心里也跟着恶心起来了。 有的时候，严重到抱着头直打滚，疼得直想用自己的脑袋去撞墙。

高文华不得不以惊人的毅力坚持着，他不能让自己倒下去。 他极力想让自己忘记头疼，便想起了一个转移自己注意力的办法，拿出一个小本子在上面写起了他构思好的诗句：

被剥夺了绿叶的枯枝，
继续在狂风中震荡不已。
那失去了归巢的乌鸦，
奋力将疲乏的双翅，
在那严冷的空中，
飞翔，飞翔，飞翔！

说来十分地奇怪，当他写下这几行诗之后，他突然感到自己的头不疼了！

"高文华忍着头疼，坚持读书写字。 一天，他偶然写了几行字，奇怪的是头痛竟然好起来了。 于是他一头痛便写字，一写字便不头痛了。"（据《高文华传》）

其实，高文华本身就是一个长期对文学创作十分重视的革命者。 高文华认为："有许多人将奋斗误会了，以为一定要在战场上才是奋斗，一定要与人家用武力决斗才是奋斗，其实前者不过是战争，后者不过是决斗，哪里真的是奋斗呢？ 真的奋斗是要有追求人类真理的精神，要有努力奋勇的气概，要为追求真理而不顾一切，为人类争真理的英勇气概，才是奋斗。 所以一个真的奋斗者决不顾虑牺牲的大小，成功的多少或者失败的。"高文华认为："在许多方面看来，外面一定有无产阶级文艺的组织，凡是左派诸文人，在这个局面之下，是要集合在一个旗帜之下的。"

因此，他极希望加入左翼文艺团体，早日参加新的斗争。他在狱中托好友为他介绍一种新文化运动的组织。他认为："文艺过去是深山隐寺的，现在是十字街头的了。过去大部分是写少爷小姐的，现在却是一种武器了。"他决定用这种武器继续战斗。他便是按照这样的想法，在监狱里没有自由、没有刀枪的艰苦条件下，采用文艺的方式，和敌人继续战斗。

因此，在头疼的情况下，写诗的形式不但解除了自己的痛苦，而且又使自己选择了一种和敌人斗争的新的形式。"虽然身陷囹圄，但高文华在狱中用他的笔继续战斗。他把文艺看作是一种武器，他要用这样的枪炮子弹继续战斗。1929年3月，他写成一千七百行的叙事长诗《人祸》，采用童话的形式歌颂共产党领导的人民革命，呼唤革命新高潮的到来。"(据《高文华的革命事迹及精神研究》)

他创作这首诗的目的十分明确，就是要唤醒广大青年团结起来和敌人作英勇的斗争。他在封面上这样写道："我近来患了一种奇怪的病症，虽然只是头疼，但头疼并不奇怪，而是好得奇怪，发得奇怪，吃药——无论是中药还是西药，吃了总是没有效果，而且更凶起来。可是，我偶然写几行诗，头疼便好起来了。于是，我一头疼就写诗，一写诗便不头疼了。这样竟写下了这样的一册！朋友，这样写诗，是我的头疼剂！不知道这一剂药对于其他年轻的朋友有无效果？朋友，试着吧！——著者，于1939年"，然后又在扉页上写了一行："敬献给年轻的朋友，敬献给永远年轻的朋友！"

《人祸》是高文华在狱中创作的第一首长诗，其实质是反映了高文华当时在狱中斗争的真实经历。全诗可以分为五个部分：

第一部分是以乌鸦为主人公，写乌鸦受到狂风的迫害打压仍然坚持斗争的决心，很显然乌鸦"被剥夺了绿叶的枯枝"，在"狂风中震荡不已"，并且"失去了归巢"，生活在"严冷的空中"，狂风"束缚了我们的自由"，"侵犯了我们的安睡"，"缺乏了我们的食料"，"阻碍了我们的悠游"，可是乌鸦依旧坚持着"飞翔，飞翔，飞翔"。

第二部分是写为了推翻共同的敌人，而动员广大民众团结起来一起斗争。因此，乌鸦先后去说服鸟类、兽类、鱼儿，结果鸟类"被狂风猛击而服从"，兽类"内部争斗已经筋疲力尽"，鱼儿"素来没有抗争精神"，最后乌鸦又去动员人类，人类这才"答应和乌鸦一起来向狂风抗争"。高文华在这里真实地写出了中国当时社会的现实，只有动员全体人民一起团结起来，才能将国民党反动派彻底打垮。

第三部分是写唤醒更多更好的人一起团结抗争，"森林起了星星之火，山野起了星星之火，平原起了星星之火，水边上起了星星之火。火的光渐渐明亮，星星的火光成为块块的火光，块块的火光成了大块的火光。火光大起来了！"这便是团结抗争的力量，结果是"全世界都着了火！"

第四部分是写掀起了革命斗争的高潮，"全世界都起了火焰，红的火光愈加浓厚，一切灰白的都化成了火焰。"这个火焰便是无产阶级的革命斗争，目标直指一切反动势力，把"特殊的权威""残酷的体制""因袭的一切""神秘的圣物""不变的铁则""虚假的道德""自私的罪恶"，全都在大火中烧毁，"废物烧得干净，烧！烧！烧！"表现出高文华革命的彻底性。

第五部分是写革命的胜利，描绘出斗争胜利后的美好世界，"看不见杂质，看不见裂痕，看不见一切恶劣，看不见所有秽积，寻不到黑暗的处所，寻不到冷冰的函谷。在这里听不见暴叱，听不见粗糙的骂声，听不见恼怒的恶音。"这便是高文华为之奉献一切所追求的理想世界。

他便是在自己描绘的诗境里彻底地陶醉了，完全忘记了自己身上的伤痛，也完全忘记了自己的头痛。

1929年端午节这一天，高文华一连写下了三首诗：《南风》《屈原》《端午》。

端午节是中国的传统节日，《风土记》里说："仲夏端午。端者，初也。"因此"端五"就是"初五"。"端午"一词最早出现于西晋名臣周处的《风土记》，该文献成了现代人们查考端午节等传统节日习俗的重要参考。 关于端午节起源的主要观点，依据南朝梁人吴均的《续齐谐记》及宗檩的《荆楚岁时记》，认为端午节起源于纪念屈原。 因此，高文华以历史上被下狱放逐的屈原作为自己诗歌的一个载体，抒发自己爱国为民的革命情怀。

《南风》主要是怀念战友，《屈原》主要是誓死战斗，《端午》主要是思念亲人，而三首诗的主要抒情主旨都表达了高文华身陷囹圄、忠贞不渝、革命到底，不屈不挠的坚强意志。

在高文华被捕关进南京老虎桥监狱之后，他在广州革命时期的老朋友黎天珍，专程从广州来到南京进行营救，但经过一番周折，还是没能成功，不得不返回广东。 高文华在黎天珍离开南京的时候，写了这首诗赠给他，以表达自己对老友的感激之情。 因此，高文华在他的诗《南风》下面的副标题上，就注明了"赠广东黎天珍"，在这首诗的小序中他这样写道："前岁被祸入狱，粤地老友黎天珍专来京都营救，以时晚而未克，遂辗转于沪粤之间，越月余返粤，一旬前，匆匆奉命返粤矣。 呜呼！ 在京晤面三次，均未畅谈。 未料返回粤如此匆促也。 今日端午，午梦老友，相抱嚎哭，哭至醒，泪满衣枕。 饭后因感作此诗！"他是说在端午节这天的中午，突然在梦中与自己的老友黎天珍相见，说到动情之处，两人拥抱在一起失声大哭起来了，一直哭到梦醒的时候，再看看自己的衣服和枕头都已被泪水哭湿了。 因此，他有感而发提笔写下了《南风》这首诗：

南国之风呀，
你从南国呼呼而来，
带着南国仙人的温和，
带着那南国醉人的美酒。
可是，南国之风呀，

你带来了我老友的消息否?

其实,高文华对老友的怀念,是怀念自己当年在广州参加东征北伐时的战争岁月,也是对广州时期那段美好爱情的怀念,更是期盼着自己能有一天重赴战场英勇杀敌。

老友呀!我已化成了神仙,
飞上了自由无羁的高天!
手上已没有了铁铐,
脚上已落去了重镣;
旁叠着的高墙自己倒塌,
困人路的窗子已然自消,
坚固的铁门于我无阻,
森严的警备于我无伤。
我为迷迷昏昏地飞上了
高广无限的天空而荡漾。
我的身体自由地翱翔,
翱翔到你居住的南国之乡!

高文华写到这里,便将自己的内心向往,直指对当年大革命时代的怀念。 然而,他也知道自己已经回不去了,因为如今的南国早已不是当年大革命时代的模样,早已变成了国民党反动派的天下。

高文华在端午这一天,还写下了《屈原》。 他并不是写屈原的忠君思想,而是写屈原的爱国情操与执着精神,借屈原从锒铛入狱直至投水自尽来自喻,以此表达自己和国民党反动派斗争到底的决心。 他在这首诗的标题下面加上一个副标题"——致妹妹",目的就是想让妹妹知道自己将革命进行到底的坚定决心。

他在诗的开头首先对千百年来人们对屈原的错误解读提出批评,

因为许多人将屈原理解成了"教科书上的屈原""历史集里的屈原""父亲口里讲述的屈原""史记记载着的屈原",而这样的屈原只是"虚伪的屈原""不近人情的屈原""完全是编述者的屈原"。而高文华所认识的屈原是"又一个屈原",是一个勇于抗争的精神永存的屈原。"你晓得屈原是生在二千年前的古代,屈原明明生在二十世纪的现在! 妹妹! 你晓得屈原的生命已经在人间死亡,错了,屈原的生命将在不尽断的世界,在不尽断地流浪。 妹妹,你已经把屈原的《离骚》读完,错了,《离骚》的作者在这相续着的世间永远地努力着继续!"

高文华认为,千百年来的端午节也只不过是对屈原的错误认识,通过节日的形式表现出来,其实并不懂得屈原的真正精神。他认为屈原的精神就是不屈不挠的抗争。

陷在那自掘的墓穴,
墓穴里湿泥汗臭而黝黑,
墓穴的门口满布着刺刺若织!
屈原在墓外看着墓穴,
屈原的眼睛越看越在烧炽!
烧炽的音律传进了墓穴。

高文华将黑暗的墓穴比作国民党反动派的黑暗统治,而以屈原作为和反动势力进行抗争的革命者。因此,他在诗的最后,直接写出了屈原对自己理想的坚守,直接写了屈原的抗争精神,通过屈原和黑暗势力的坚决斗争,来表现自己和国民党反动派斗争到底的决心,即使是自己身陷牢笼,被打得遍体鳞伤,也要斗争到底。

屈原远没有灰心,
屈原永远这样年青!
屈原永远站在墓外,

眼睛永远在烧炽!
这高热将地球毁灭,
人类的末日同没!

高文华在端午这天又写下了《端午》,其副标题则写了"——致父母",在前两首诗抒发自己的革命斗志之后,写了《端午——致父母》这首诗,来表达他对父母的无限思念。他在诗中回忆了前年的端午是在家里和父母一起度过的,去年的端午则是在看守所里度过的,而今年的端午则是在南京的老虎桥监狱里度过的。因此,他向往着能和家人在一起共度佳节。他在诗前小序里这样写道:"前年退伍后,曾在家度端午,去年端午则在宁狱中,但当时情景惨淡,尚未知生死耶?今年难迁监牢,虽明知被判九年,但安心如常,未尝或见感人世变幻骤忽。记此以寄父母爱儿之真心。"

爸爸啊,妈妈啊!
你们可记得前年的端午?
母亲啊,你把旅行倦了的儿子,
从梦中叫醒。
母亲啊,你总说怕我吃不饱。
爸爸啊! 妈妈啊!
你们可记得去年的端午?
儿子钉起了脚镣戴起了手铐,
母亲背了一个饼盒一个水瓶,
你的眼睛红红的
度过一个伤心的端午。
爸爸啊! 妈妈啊!
今年又是一个端午,
今天在牢狱里过端午哟!

这年秋天，高文华和难友们一起做着苦役，对这些重体力活，所有人全都有气无力，使出全身的力气也无法坚持，因为难友们全都没有吃饱。可是，狱吏手里拿着一根皮鞭，嘴里含着一支香烟在监工。如果狱吏看到有人做不动或是怠工了，二话不说上去就是一皮鞭。因此，所有人全都被皮鞭抽打过。高文华的肚皮里空空的，饿得全身发软，两眼发黑，正如他在诗里所言：

自从昨日晚饭后，
至今已十八个钟头，
我是什么也没有，
只挨了整晚的饥饿。
哦，饥饿！整晚的饥饿，
煞是难受。
自从昨日晚饭以后，
至今已有十八个钟头，
我纵然是饿的难受，
但才八点钟呢，
吃饭还须一个钟头。
一个钟头，哦，
一个钟头，
我已熬煞了十八个钟头，
怎还能等六十分钟的饿肚？
哦，娘呀！
这一分钟就像一年的度过，
你叫我怎样的等候！

高文华本来被用过重刑，上次又因为大绝食斗争执笔写呈文而被刑讯，一直到这几天身上的伤口才刚刚愈合。可是，他的体力还没有恢复，再加上这些日子被"肉刑"，减少了饭食的供应量，整天都饿得直不起身子，因而做这些体力活的时候，哪里能够吃得消？而狱吏又将他作为主要监控目标，寸步不离，死死地盯着他，一见到他抬不动、走不动，就上前给他一皮鞭，抽得他全身布满了伤痕。高文华这位曾经参加过北伐并立过汗马功劳的功臣，就这样在监狱里受尽了折磨。

> 你是年轻的战士，
> 怎就对了饭碗流泪！
> 你曾上过战场，
> 与你的敌人厮杀过一番，
> 你曾见过剖肚赤肠，
> 但你并不曾心伤。
> 你还手刃过敌人，
> 但你只有满腔的悲愤！
> 你曾几日不吃，
> 你曾口渴几日！
> 你曾吃过土里的草根，
> 你曾喝过沟里的臭水！
> 我纵然上过战场，
> 但在那里我负着洋枪！
> 只要装上了子弹，
> 便什么凶暴的军阀，
> 只要经我的瞄准，
> 立刻就可以射杀！

高文华在饥肠辘辘的时候，并没有忘记自己的使命，他还在做着他的宣传工作。

这一天,他利用上厕所的机会找难友们谈心。

"朋友,吃饭就像吃药一样,这样粗糙的饭食,太粗糙了,每天只能勉强咽下去。你看我拉出来的大便,已经全变成了黄脓和赤血,哪里还像是人的粪便?"高文华对一个难友愤愤地说。

"这样的粗米,监狱当局还嫌贵呢!听说以后还要吃麦。可是那大麦真会把我们的胃子刮坏,我们就这样等死吗?"难友苦着脸说。

这时,一个叫胡小狗的难友从外面走进厕所,说道:"要吃麦子吗? 是哪里来的新闻?"他说着这话的时候,脸上便出着冷汗,身体也在不停地摇晃,似乎就要被一阵风刮倒似的。

高文华说:"那还了得? 大麦不是人吃的呀! 我在军阀时期就吃过麦子,结果是吃下去拉不出来!"

难友们一起说:"可是,不吃就会饿死的呀! 为了活命,才吃这个东西的! 可怜呀! 囚徒一旦到了这里,就看最后怎样去死了!"

对于这样的情况,高文华通过自己的诗歌表现出来了:

污黑的铁盘,
盛着个小小的饭团;
饭团异常稀烂,
令人触目心寒。
污黑的铁碗,
盛着些微黄的菜汤;
菜汤倒很清爽,
只看到碗底有几片黄菜在波荡。
我有只小小的瓷碗,
一盛饭,恰好是一碗;
这平平的一碗;
这稀烂的一碗,
却要供我十二小时燃烧!

饭里充满着麦子、壳子，
更有许多稗子、黍子！
还有些白的和黑的，
就是石灰和沙子。
吃罢，吃罢，吃罢！

原来在 1929 年的秋天，市场上的粮食价格猛涨，监狱里囚犯的伙食费却没有涨，典狱长因为此事还专门向上级打了报告，请求增加囚犯伙食费，可最后上级给他的回复是不可能："饭不够，没有办法，囚粮无法增加。若每犯增加二分，则全省每年需增加六十万元，事关全局，实难准许。"因而，监狱只得减少供应，在米里多加水，好叫囚犯吃个虚饱。

针对这种情况，看着难友们整天吃不饱肚子还要干活，监狱党支部决定去找当局谈判。高文华作为谈判代表去找监狱伙食科科长，提出要求增加一些饭食，结果遭到科长的一顿臭骂："滚开！你们算个什么东西！还有资格来找我谈判？现在把你们一个个全都上了锁，尝尝看镣铐是什么滋味，就知道自己是什么身份了！奴隶！"高文华他们提出的改善伙食的要求全部被科长否决，最后科长又将高文华他们几个谈判代表单独关进了小牢，一天只给吃一顿，给他们饥饿的刑罚。

也就是在这种身处苦难的境地，高文华后来于 1930 年 2 月 10 日，又创作出了一首长诗《饿囚的哀叫》，以此来表达自己对监狱黑暗统治的抗争：

请问，血肉的身体，
堪耐得几天消耗！
只是你饿得快死，
也不能说狱吏们半声不是，

狱吏的雄势如虎,
你要说是寻死!
寻死,又有什么不愿寻死?
打死,饿死,杀死,
还不都是一个死?
与其活着吃苦,
倒不如爽爽快快的一死!
但是,我的父母姐妹也快要饿死,
但是,我的亲爱的朋友也快饿死,
还有许多最苦的工友,
还有许多更饿的饥农,
可我们主义未成,
我们的改造未峻,
我的死又有什么价值?

高文华在这种极端困难的情况下,还是没有忘记自己作为一名共产党员的神圣使命。

1930年3月14日,高文华面对难友胡小狗被狱吏活活打死,创作了他的另一首长诗《饿囚之死》。这首诗是他生前创作的最后一首诗,也是他创作的诗歌中思想和艺术更加趋于成熟的一首诗。

当他提笔写下这首诗的标题时,和他朝夕相处的胡小狗的形象在他的眼前晃动起来了。那是一个傍晚,高文华看到,突然死去的胡小狗被草草装进一只薄木做成的长箱子里。

奴隶从工场回来,
周身带着疲倦的憔悴,
但抬头所看见的,

却是一口棺材。
棺材又狭又小,
平放在地上一人的长度,
木板不到二分厚,
缝隙裂开一寸多。

　　这全诗的开头,便是采用现实主义方法,将当时的情景如实地描绘出来了。 所有的难友全都驻足围观,大家全都怀着悲伤的心情议论着:"今天又是谁死了?""监狱里死的人太多,难怪只用了这么薄的棺材!""这胡小狗昨天还是好好的,肯定是被打死的!""好像是今天上午十点钟才死的呀!"面对囚犯们的议论,狱卒们用手里的棍棒,恶狠狠地将他们驱散了。
　　这个胡小狗只有20岁,就住在高文华隔壁的牢房,是上次难友们大绝食斗争时和监狱当局谈判的代表之一,结果被狱吏毒打体罚,最后关进了黑牢不给吃饭。 这使他的身体受到了严重的摧残,从此就病倒了。 胡小狗请求狱吏找医生医治,狱吏就将他关进了"病监"。 那间阴暗潮湿的病监里,一片肮脏,臭气熏天,哪里有人为他医治?

黑魆魆的病监好像黑洞,
是条又狭又黑的暗弄,
你就是一条吃人的怪虫,
正是地狱的入口!
进了你这扇铁门,
如进入无底的幽谷。

　　其实,监狱里的医生就是当局的变相打手,根据监狱头头的要求对囚犯进行盘剥压榨,甚至狠下毒手。 每当囚犯请医生看病的时候,首先要给医生好处费。 这个医生每天的工作量只有两个小时,囚犯们找他看病也必须是在这两个小时之内,其他时间他拒不出诊,哪怕是遇到紧急情况也不例外。

这一天,胡小狗感到自己实在坚持不下去了,呼吸也越来越困难了,便忍不住求狱吏。 在这种情况下,胡小狗竟然被带去毒打了一顿,只因狱吏嫌他大呼小叫,影响了他们的休息。

> 来来来,让你叫呀,
> 拿麻绳绑起这个家伙!
> 这是什么时候?
> 医生还在家中,
> 你懂不懂规矩?
> 大声地乱喊乱叫?
> 藤条、竹鞭和木棍,
> 铁链、铁镣和麻绳,
> 一切都加上了
> 这个病囚的全身!
> 口里还塞进了棉花,
> 让你再也叫不出声!

胡小狗被打得遍体鳞伤,完全叫不出声来。 因此,高文华他们根本听不到胡小狗的呼喊,只能听到"全监洞静寂得像死的一样,只听到一声声尖响,好像是血肉飞溅"。 胡小狗就这样被打死了,死得像一根枯草。 为了掩人耳目,狱吏立即将胡小狗的尸体装进了这口薄木棺材,然后匆匆埋在了荒郊野外。

对于胡小狗之死,高文华用他的诗歌想唤醒全体难友,和监狱当局做坚决的斗争。 因此,他的作品中表现出了难友们的反抗,表现出了难友们对胡小狗之死的愤慨。

狱吏们的恐吓和压迫,
只能加添些油料,
只是助火的狂风!
压迫不住这伟大的同情,
恐吓不了这坚定的理性。

高文华他们在狱中党支部的领导下,开始到处搜集证据,写申诉文章为胡小狗讨个说法,最后还是由高文华执笔再次写上呈文,向社会揭露监狱暗无天日的残酷迫害。结果法院收到呈文之后,派了两个人来验尸,草草结案,不准上诉。至此,高文华只能用自己手中的笔,写下这首诗来揭露敌人的罪行。

所谓尊严的法律,
只是压迫者的工具,
可以保障暴虐的官吏,
不能维护贫穷的奴隶!

诗的最后,高文华号召全体难友们觉醒起来,团结起来,和敌人做最后的斗争,不能向敌人妥协了,因为向敌人妥协就等于是自取灭亡。

我们尽可让火来烧毁,
却不能再过这地狱里的生活!
我们尽可忍一切的灾祸,
却忍不住这经常的削刮!
醒来吧! 未死的奴隶!
死去的,已不能回头,
我们要想活,就要坚强地奋斗!

醒来吧！未死的囚徒！
死去的，已不能回头。
向屠夫去请求，
只是死路一条！
只有用自己的力气，
才能找出自己的出路！

这便是高文华的最后诗句，"向屠夫去请求，只是死路一条！ 只有用自己的力气，才能找出自己的出路！"。 这里关于死的认识，足以说明高文华在自己的生命即将结束时，对敌人反动本质的清醒认识。在创作这首诗的一年半之后，高文华就像胡小狗一样，在监狱里被狱吏活活地折磨致死。

因此，高文华在他生命的最后时刻，一连写下的这些诗歌，其实就是他一生最后的抗争。 这些诗歌是高文华对国民党反动派残酷嘴脸的无情揭露，是对地狱一般的监狱黑暗悲苦生活的真实描绘，是对难友们十分恶劣的生存状态的具体控诉，也是唤醒被压迫者奋起反抗的号召，更是一个共产党员在生命即将结束时的最后呼喊。

高文华正是高诵着自己创作的这些诗歌，昂首阔步地走向他生命的终结。 因此，这些诗歌就是他最后的青春绝唱。

醒来吧！未死的奴隶！
死去的，已不能回头。
我们要想活，就要坚强地奋斗！
醒来吧！未死的囚徒！
死去的，已不能回头。
向屠夫去请求，
只是死路一条！

高文华便是这样，在顽强的抗争中，呼喊着、抗议着、奋争着，走向他生命的尽头。

高文华就是这样，高诵着自己创作的诗歌，义无反顾地走向生命的尽头。

他的身体倒下去了，可他的信仰依然屹立着。

1931年8月24日，高文华已经病入膏肓，吃了难友医生帮助开的一剂中药之后，先是有了些精神，可是他身上的钱早已全部花光了，从难友们那里借的一些钱也都买药吃光了。他想起家里的经济早就十分的拮据，又怕自己说了病情父母会担心，也就不敢写信回家要钱。监狱里的饭食根本无法让他吃饱，更谈不上有什么营养。难友们为了让高文华能活下去，凑了一点钱买了一点牛肉汁和苏打饼干，以此维持他的生命。然而，到了这天夜里，高文华就支持不住了，病情突然加重，一次又一次地呕吐，咳出的痰中带着鲜血，呼吸也显得十分急促，胸口闷得直喘，手足也变得麻木起来了。

高文华预感到自己不行了，坚持着将他这些日子创作的诗稿，以及他准备为革命烈士薛光楣写的传记的提纲，一一整理出来，然后交给难友，请他们帮助寄给家人。

高文华在南京老虎桥监狱服刑期间，创作了《人祸》《南风》《端午》《屈原》《饿囚之哀叫》《饿囚之死》。这些诗稿，他通过家信的形式寄给了妹妹，然后请妹妹将稿件投寄给上海的几家出版社，可这些揭露国民党反动派黑暗统治的诗歌，是不可能公开发表的。此外，高文华还在准备为牺牲的战友薛光楣写一本传记。薛光楣是江阴县团委委员，1926年入党，1927年"四一二"政变前后，担任无锡共青团组织部长，高文华从广州回到无锡时，和他结识并一起并肩战斗。薛光楣于1928年9月21日被敌人杀害。高文华在狱中得知这个消息之后，让妹妹在外面搜集薛光楣的资料，准备为战友撰写一本传记。可惜的是，高文华自己的身体已经不允许他完成这项工作了。

他连续经历了监狱两次斗争，两度勇于执笔起草抗议的呈文，结果全都被狱吏无情拷打。而此前，他在无锡公安局和南京特种刑事法庭的刑讯时，经历了十多次酷刑，国民党特务在他身上使用了几十种刑法，使他遍体鳞伤。也就是说，他身上本来的刑伤就没有完全治好，又经受了两次监狱里的刑讯，就如雪上加霜。此外，他还要受饥肠辘辘的"肉刑"，监狱里的饭食根本没有什么营养可言，还吃不饱，所有的这些使他的体质急剧下降。恰恰就是在这时，南京暴发了几十年未遇的特大洪水。"1931年夏季，南京暴发了洪水，监狱里浸满了洪水，水淹没了床脚，使本来条件就很恶劣的监狱里传染病盛行，许多难友得了严重的病，又没有得到及时的救治，大批的难友倒下去了。"（据《江苏监狱史》）高文华的身体抵抗力本来已经极差，这时感染上了传染病伤寒。

就是这样，刑伤未愈，饥肠辘辘，又添新伤，感染重病，特别是监狱对高文华这样的眼中钉肉中刺更是故意不肯帮助医治，导致高文华的病情一步一步地加重起来了。

高文华知道对于统治者决不能抱任何的幻想，因此他在病重无钱医治只能等死的情况下，一遍又一遍地念着他的诗句：

我们尽可让火来烧毁，
却不能再过这地狱里的生活！

"1931年7月底，高文华觉得有些不舒服，头晕、发热、怕风，时常打冷战，吃的饭也越来越少。到了8月16日，连半个饭团都吃不掉。高文华的身体每况愈下。恰巧有一个难友是医生，被捕前行了二十多年的医，17日，这位难友为高文华开了一服中药，后又连续换了三服药，高文华吃下去后病情有所好转。但是由于他进食太少，没有体力，已经不能做工了。21日晚上，高文华的病情又恶化了，饭已经不能下肚，吃一点又立刻吐了出来，喘气声也越来越急促。"（据

《不死的青春》)

　　高文华这时的病情，一直照料高文华到临终的难友朱菊生，后来写给高文华父母的信中是这样记述的："因为文华哥哥几天没有吃东西，我非常担忧！如若不吃东西，要与病魔抗争是更难的了。但是，又想不出什么办法来，文华哥哥自己想到了牛肉汁、苏打饼干还能吃下去。所以，我和成元（注：张兰舫的化名），以及其他难友商量，借了几块钱。在24日夜，病又加剧，时常呕吐，痰中带血，气不断地往上涌，手足麻木，全身发冷。那时，真把我急死了！我们两人为他上下按摩两小时之久，这才开始复原，但气声终夜不停，我们只得整夜为他按抚。"

　　就在这生命垂危的时刻，监狱二科科长听说高文华得了重病，便要逼高文华交代出狱中党支部的人员名单，否则就不送他去治疗。然而，即使在这种情况下，高文华坚决不肯向敌人低头。他宁愿自己赴死，也不愿让党组织遭受任何损失，更不可能为了自己的生而改变自己的信仰。

　　　我就是自己被杀，
　　　又有什么恐怖？
　　　又有什么悲伤？
　　　我纵然见过血淋淋的死首，
　　　但那是英烈的战死，
　　　又有什么悲哀？
　　　又有什么忧愁？
　　　我纵然几日未吃，
　　　我纵然几日未喝，
　　　但只要是有效的努力，
　　　便把生命去牺牲，
　　　又有什么可惜?!

这是他的作品《饿囚的哀叫》里的几句诗,他将双眼闭得紧紧的,根本不愿去看敌人的丑恶嘴脸,嘴上在坚定地念着他的诗句。 最后,狱吏们恶狠狠地命令,将高文华关进了"病监",也就是胡小狗被打死的那间漆黑狭小的牢房。

这一次,高文华是难逃一劫了。 他独自一人被关在"病监"里,已经奄奄一息,呼吸也已经十分地微弱,嘴唇四周布满了咳出来的鲜血。

高文华奄奄一息地躺在"病监"冰冷的地上,朱菊生轻轻地抚摸着他的胸口,他上气不接下气地说:"我要……死了,打这种针,不过只是,延长几个小时的……谈话罢了……"朱菊生听他这么一说,心里难受,眼睛里便充满了泪水。

自26日深夜,高文华被送进"病监",到了27日清晨,他独自一人在"病监"里整整一夜了。 难友们对于高文华生死不明,便向监狱当局要求去"病监"照料高文华,结果被拒绝了。 大家全都明白,这个所谓的"病监"其实就是加速病囚死亡的一个地狱。 高文华曾经为胡小狗写过诗歌,早就明白这个"病监"究竟是怎样的残酷。

黑魆魆的病监好黑洞,
是条又狭又黑的暗弄,
你就是一条吃人的怪虫,
正是地狱的入口!
进了你这扇铁门,
如进入无底的幽谷。

高文华被关进"病监"之后没人照料,敌人会为所欲为,甚至会加害高文华的。 因此,难友们决定集体抗议,强烈要求派人去照料。 起初,监狱当局还是不同意,但后来看到难友们的态度十分坚决,又生怕囚犯闹出什么事情来不好收场,只得勉强同意朱菊生一人去"病监"照顾高文华。 在朱菊生走进"病监"时,高文华已经神志不清了,说话也不清楚了,赶紧去叫医生来给高文华打了两针强心剂,高文华这才慢慢地清醒过来。

朱菊生知道高文华真的快要死了,便要求给高文华的家里发去一封加急电报,告知高文华在狱中生病的情况。 而此时,高文华的父亲正卧病在床不能起来,二妹又在苏州的工厂工作,其他的妹妹都很小,只得由高文华的母亲连夜乘坐火车来南京探监。

据朱菊生后来回忆说:"到了晚上 7 点钟,文华哥哥稍微安静些了,和我谈话说得很清楚,我亦时常给他一些牛肉汁和白开水吃,他亦能瞑目静养。 但是,顶多一个钟头之后,忽醒忽睡,一夜如此。 到了 28 日早晨,更见清醒,一顿能吃一杯牛肉汁冲开水。 我很快活,给他不时地喂牛肉汁冲开水,一直持续到中午 11 点钟。"

到了中午 12 点钟光景,高母用一双小脚走到了老虎桥监狱。 当高母一进"病监"看见她的儿子已经病入膏肓的时候,她忍不住地落下了眼泪。 而这个时候,高文华见到母亲来了,居然精神为之一振,对母亲说:"娘,你来了。"母子俩抹着眼泪谈了一阵,高文华便请母亲去南京城里请个好些的医生来。 高母也就匆匆地离开了监狱,去城里找医生了。

高文华对朱菊生说:"我娘来得巧吧? 如果晚来两天,我就不行了。"

"是的,你母亲来救你了,你就定下心,好好休息一会儿吧。"朱菊生安慰说。

"好的,你也好好休息吧,你已经几天几夜没睡了。"高文华关切地对朱菊生说,然后闭上了双眼,休息了一会儿,可没到一个小时,他就睁开双眼对朱菊生说:"这个时候,娘应该到鼓楼了吧?"

其实,高母身上没有钱,哪里能够请来医生呀! 朱菊生心里一直悬着,只是嘴上无法明说,此刻听到高文华这样一说,眼睛里便又涌

193

出了泪水。果不其然，到了夜里2点左右，高母匆匆返回监狱，只是她一个人来的，她到南京的大街小巷找了一个又一个亲戚，找了一个又一个医生，可没有一个亲戚愿意出钱，也没有一个医生愿意出诊！高母只得用她的一双小脚，匆匆赶回监狱来对朱菊生说明，然后又匆匆赶回无锡想办法借钱去了。

这便是高文华和母亲的最后诀别。

朱菊生怕高文华难受，只是说高母夜里来过监狱了，又回无锡借钱去了。

高文华知道娘没请到医生，两只眼睛里便现出了一丝暗光，脸色也往下一沉，但并没有流下眼泪，只是沉默了一段时间。

"文华哥哥很是悲伤，但他竟没有眼泪流下来。你（高母）去后我一回到号子里，没有对他说你回去的事。但是，他的神色略变。那时，我懊悔极了，不应让伯母（高母）回去，看他的情形坚持不到两天了。在你回锡途中，文华哥哥的生命竟完全熄灭了。"（据朱菊生写给高母的信）

此时此刻，高文华已经知道自己必死无疑了，便坚持着吃力地说话，交代着自己的后事。他断断续续地说道："娘走了，全家人都靠她的这双小脚呀。只是没想到，昨天下午的见面，会是我们母子的最后一别呀……家里父亲卧床不起，弟弟脑子不正常，妹妹们还小……我死后，请你们帮我照顾好我的父母，替我为他们养老送终……"

高文华就是这样被国民党反动派残酷虐待致死了，他在自己的诗作中对胡小狗的描写，其实也是对自己亲历的叙述。正是狱吏的毒打，导致了他最后的牺牲。

藤条、竹鞭和木棍，
铁链、铁镣和麻绳，
一切都加上了，
这个病囚的全身！

口里还塞进了棉花,
让你再也叫不出声来!

1931年8月29日夜12时55分,高文华咽下了最后一口气,再也叫不出声来了。 临终前,他拉着难友们的手,十分吃力地说道:"我要死了,希望你们好好地活下去……"他说这话的时候,深情地望着身边的战友们,最后又说道:"反动派终要灭亡的!"

就这样,高文华在母亲离开的当夜,永远地闭上了双眼。

此时,他还未满24岁。 他的枕边放着一本正读了一半的英文版《共产党宣言》,上面被他用红笔画了许多红杠杠,他在临终之前还期待着革命的烈火将这黑暗的统治全部烧得精光。

眼睛里永远在烧炽!
永远感起心弦的高潮。
永远弹出更加高热的旋律!
只有在高热上加上高热,
这高热将地球的毁灭,
人类的末日同没!

尾声
雨花英魂

　　当高母第二天从无锡借钱回到南京再来监狱时，自己的爱子已经不在监狱里了，已经被匆匆装进了一口木板棺材里，草草地埋在了郊外的乱坟之中，已经再也不能和她说话了，已经永远地闭上他那睿智的双眼了。

　　根据高忆清回忆，高文华的母亲，也就是高忆清的外祖母高华氏，得知自己儿子已经于前夜死于监狱的噩耗之后，当场哭晕在监狱的铁门外面。高母便是在极度悲伤的情形之下，白发人送黑发人，一步一行泪，将高文华的遗体从郊外刨出来，装上了一条小船，运回无锡的家坟重新安葬的。

　　高忆清说，那天正是一个阴雨天，天上一直下着绵绵细雨，像是苍天也在为高文华这位英年早逝的英雄送葬。高忆清又说她的外婆扶着高文华的薄棺沿江而下，望着潇潇的细雨和滚滚的江涛，她的泪水已经流干了，几次想纵身跃进江里一死了之。可是，每当她的脑海里出现这个想法时，她便想起儿子临终前说的那句话："希望你们好好地活下去……反动派终要灭亡的！"

　　是的，高文华虽然牺牲了，可他留给人们的精神却永远不会消亡。他的年轻生命，他的青春绝唱，他的不死灵魂，永远都在激励着人们和一切黑暗势力做坚决的斗争。

全世界起了火焰；
不！全世界全是火焰。
红的火光愈加浓厚，
一切灰白的都化成了火焰，
一切封建的都由火焰烧灭！
听啊！在这里听啊！
有多少群众在叫喊！
从火焰中喷出的叫喊！
伟烈的叫喊！
震动了地球的外壳，
传进了紧闭的地狱！

　　高文华便是带着这样的呼喊，便是带着他的人生使命，义无反顾地朝着自己的目标奋斗，走向生命的尽头，他的囚徒之歌最终成为他的青春绝唱。而正是这些，唤醒了更多的人去完成他未竟的事业。

　　高母从此变得更加坚强了，特别是在她的丈夫经受失去爱子的打击，病上加病，一病不起，最后也含恨而死之后，她依然坚强地活了下来。孤儿寡母艰难地生活着，终于盼到了新中国的成立。高文华为之奋斗一生、为之奉献青春性命的伟大事业，终于变成了现实，而高文华在临终之前说的"反动派终要灭亡的"也变成了现实。

中华人民共和国成立后，高文华被评为革命烈士，他的遗骨被移入无锡革命烈士陵园安葬，被埋在曾经和他一起出生入死的战友严朴等烈士的身边，高华氏也被评为革命烈士家属，得到政府优抚。

为了传承高文华的革命精神，高福珍将哥哥高文华的革命事迹整理出来，每年清明前后，二妹高福珍、三妹高寿珍、四妹高亚珍都要到有关学校工厂去做报告，宣传高文华的英勇事迹，一直到姐妹三人先后去世。

据高忆清说，高文华的遗物包括近百封信件、几首狱中写下的诗歌和他学生时代的笔记本，以及部分生活用品，家人都将其放在高文华北伐归来带回的那只小皮箱里。母亲高福珍把这只小皮箱视为珍宝，去上海工作也带在身边。抗战爆发后，高福珍离开上海，把箱子放在无锡家中，一直保存至全国解放。中华人民共和国成立后，意识到高文华的遗物应属于党和人民，可以进行革命传统教育，于是，高家人便把这些珍贵的革命文物捐献给了北京军事博物馆、南京雨花台烈士陵园、无锡市烈士陵园等处。如今，高忆清家里只留下了高文华用过的这只皮箱，里面装满了高文华的事迹资料。高忆清说，她要将这只皮箱作为传家宝，一代一代地传承下去。

高文华17岁就投身革命，牺牲时还不到24岁。他的短暂一生，没有来得及好好恋爱，也没有时间结婚，更没有留下子女，可他给我们后人留下的却是宝贵的精神财富。

高文华留给后人的那些至理名言，便是他的生命语言，也是他的青春绝唱。他对于自己献身的人生目标这样说："为人类争真理的英勇争斗，才是真正的奋斗，所以一个真正的奋斗者，决不顾虑牺牲的大小、成功的多少或者失败的！"他对于个人的成败得失这样说："要做使天下穷苦人将来吃饱穿暖的事情！"他在不幸被捕后敌人软硬兼施、用尽了酷刑时这样说:"要头有一颗,要名单没有!"他在判决之前这样说:"早已定下了读书计划。"他在身陷囹圄用他手中的笔继续战斗,把文艺看作一种武器时这样说:"我愿用这样的枪炮子弹继续战斗!"三年多狱中的非人生活和残酷迫害,使他的身体受到极其严重的摧残,他经受不了伤寒瘟疫的侵袭在牺牲之前又这样说:"我要死了,希望你们好好地活下去,反动派终要灭亡的!"

　　几十年过去了,英雄已经逝去,历史也已渐行渐远,可英雄留下来的这些生命誓言,烈士留下来的这些青春绝唱,至今仍然响彻在雨花台的上空,仍然响彻在中国革命史的深处。

后 记

接到省作协的创作任务后，觉得自己的责任重大，压力也很大，所以对资料的搜集和后来的创作，我的态度极其认真严肃。经过将近一年的紧张采访和写作，这部长篇纪实作品三易其稿才算完成。在此，我觉得有必要向广大读者说明以下几点：第一，由于高文华烈士牺牲的时间已经很久，现存的资料也不够完整，我在写作时力求寻出资料的来源，并注明资料出处，以示严谨；第二，在关键事件和时间节点上，对所掌握的资料出现的口径不一的情况，本书采取同时引用诸多资料各种不同说法的原文的方法，并在书中一一加以注明，以便让读者较为全面地了解史实；第三，在采访创作过程中，得到了江苏省作家协会、南京雨花台烈士陵园管理处、无锡市史志办公室、无锡市革命烈士陵园等单位的有关领导和专家，特别是高文华烈士亲属的许多帮助和支持，书稿完成后还请有关专家进行审稿把关，努力避免不必要的失误。于此，对本书所引用的资料的作者，上述相关单位和个人表示由衷的感谢！

作　者